千年の桜

刀剣目利き　神楽坂咲花堂

井川香四郎

祥伝社文庫

目次

第一話　千年の桜

一

「まただ……」

綾香《あやか》は急に目まいがして、鼻緒が切れたかのように、溝に足を取られそうになった。すんでのところで、幸江《ゆきえ》の手が袖に伸びてきて、かろうじて倒れないで済んだ。

「大丈夫？」

綾香は、この数日、体中が不快な感じに襲われていた。町通りや掘割沿いの道、路地など何処《どこ》を歩いていても、不意に頭に激痛が走り、吐き気を催《もよお》し、立っていることすらやっとのときがあった。何か悪い病の兆候ではないかと町医者に診《み》て貰《もら》ったが、特におかしな様子はなかった。

「稽古《けいこ》のし過ぎで、疲れているのに違いないわよ」

幼馴染《おさなな じ》みの幸江はそう励ました。二人とも、父親は寄合《よりあい》旗本だ。三千石を超える大身《たいしん》の旗本の娘で、毎日のように一緒に、学問所や習い事に通っているのである。

寄合旗本は無役であるが、いつ何時、重要な役目を仰《おお》せつかるかもしれないし、将軍がいざという時には何を措《お》いても駆けつけねばならぬ。天下泰平の文化文政《ぶんかぶんせい》（一八〇四〜一八三〇）の世にあっては形骸化《けいがい》していることは否《いな》めないが、幕政に関しても幕閣に注進できる立場であった。

三河《みかわ》以来の譜代の家系である菊池《きくち》家の一人娘・綾香と、八代様の折、紀州《きしゅう》から来た峰尾《みねお》家の末娘・幸江では、家柄に微妙な違いはあれど、二人はまったく気にしている様子はなかった。

幸江は女だてらに寺子屋の師匠を目指しているが、綾香は幼い頃から、琴を奏《かな》でるのが何より好きで才能もあるので、いずれは将軍の御前で弾くこともあろうと、周りから嘱望されている。つまり、将軍家と縁のある大名家に嫁《とつ》ぐことを、父親に期待されているのである。しかし、十年に一度の逸材と誉め称えられているのだが、かなりの〝上がり症〟のために、大名の宴席や茶会などに赴《おもむ》くと、きちんと演奏が出来ないので、いたく悩んでいた。

だが、綾香は原因はそれだけではないと気がついていた。

琴を奏でる直前になると、必ず不思議な音を聴《き》くのだ。そして、その音が何かに共鳴するかのように、奇妙な幻想となって頭の中に浮かぶのだ。それが日に日に激しくなって、日頃の暮らしの中でも幻聴を感じるようになってきていた。さらに、就寝前になると、朦朧《もうろう》となる意識の中で、綾香は奇妙な幻影を見るようになった。

荒海に投げ出された海賊衆、戦国時代の合戦、飛び散る鮮血の海、嵐の中の雷鳴――それらが閃光《せんこう》のように、鮮やかに脳裡に浮かぶのだ。それらは単に絵としてではなく、まるで実際に起こったように、綾香には感じられるのであった。

――どこか心に変調があるのかもしれない……。

毎日のように続く奇妙な感覚のために、綾香は自分自身の不安定さに耐えられなくなっていた。怖《こわ》さと心地悪さが入り混じって小舟に揺られているような気持ちだった。

そんなある日――。

神楽坂《かぐらざか》の刀剣目利き『咲花堂《さくはなどう》』に、ふらりと誘われるように入った綾香は、店内に漂う不思議な匂いに惹《ひ》かれた。

店に入ったのは他でもない、得も言われぬ美しい龍笛《りゆうてき》の音がしたからである。

龍笛とは、雅楽《ががく》に用いられる一尺四寸（約四十二センチ）ほどの横笛で、能で使われる能管《のうかん》と似ている。貴族が使うのが龍笛で、武士が使うのが能管と呼ばれており、龍笛からは神楽笛、田楽《でんがく》笛などが派生している。ちなみに、シルクロードを西へ渡ってフルートになったと言われている。

このような力強い荘厳《そうごん》な龍笛の音を出せる吹き手が、町中にいるとは思えない。綾香は、小さな骨董店の中に入った途端、不思議な音と同時に、独特な匂いを感じた。甘いような酸《す》っぱいような、花のような風のような……鼻腔をくすぐるその匂いは、綾香にとって懐かしいものだった。

——音に匂いがあるのかしら。

綾香がそう感じていると、ふいに笛がやんだ。ぎしぎしと階段を降りて来る足音に少し緊張して待っていると、龍笛を片手に現れたのは、ここ『咲花堂』の若主人・上《かみ》条《じよう》綸《りん》太《た》郎《ろう》だった。上品そうな鼻筋の通った面立ちに、人を穏《おだ》やかにする笑みを湛《たた》えている。

「おいでやす」

という言葉に、綾香は少し緊張したように肩を竦《すく》めた。年端《としは》もいかぬ娘が来るような店ではない。だが、綾香も高級旗本の娘で、琴の名手であるから、綸太郎も普通の娘ではないと感じたのであろう。

「もしかして、娘さん、この笛の音につられて来はったんか？　下手くそなんを聴かせて、申し訳なかったなあ」

「おかしなお人……下手なら惹かれませんよ。それは、龍笛ですよね」

「よう知ってはる。あなたも笛を？」

「いいえ。お琴を少々……」

「なるほど。音を奏でるのが好きなのですな。吹いてみますか？」

と綸太郎が差し出すと、綾香は素直に手にとってみた。頭の部分には織物の飾りが被《かぶ》せられ、指孔の周辺は黒漆が塗られており、本体は竹で桜樺《かば》が巻かれている。見た目よりも軽いが、伝統工芸品としても実に立派なものだった。

「へえ……これが……」

「軽いでっしゃろ。竹で出来てるんですよ。竹といっても、百年以上も燻《いぶ》された上物の篠《しの》竹ですからね。しかも、これは平城京《へいじょうきょう》の折に作られたものやと思われます」

「ええっ！」

少し驚いて、手にするのもおこがましい感じに囚《とら》われた綾香だが、掌《てのひら》に吸い付くような龍笛を放すことはできず、思わず口元に寄せてみた。庶民的な篠笛ならば何度も吹いたことがあるし、能管も手にしたことはあるが、龍笛は初めてだった。

ぼわっと籠《こ》もったような音がした。

「上等です。初めて吹いたとは思われしまへん」

世辞も入っているが、綸太郎がその感性に感心したのは事実だ。管の内側には厚く漆が塗り重ねられているので、独特の低くて太い音が出る。もちろん、吹き方によっては、能管のような高い音も出せる。責《せめ》という高音と和《ふくら》という低音を、七つの孔を巧みに押さえたり離したりしながら、純度の高い音を出すには長い年月がかかる。

綾香は何度か吹いて、倫太郎が聴いたことがない音曲を流した。初めて聴いた音階だが、どことなく郷愁をそそるものだった。

「それは……？」

何という曲かと倫太郎は尋ねたが、綾香は自分でも知らないと答えた。ただ、幼い頃から、頭の中にその音階があって、時々、思い出したように湧《わ》き上がるというのだ。

「なるほど、それは、あなたが前世で聴いてた音曲かもしれまへんな」

「前世……」

「へえ。笛は、息で音を出しますやろ。琴や三味線は爪やバチで弾きますが」

「はい」

「複数の音を同時に奏でることによって、華やかな旋律や和音を楽しむ琴や三味線と違うて、笛はたったひとつの音……そう笛の持つ、単純な音だけの美しさで、人の心を安らげます。これは、息吹《いぶき》と関わりあると、私は思うてますのや」

「そのとおりだと思います」

「人の体の中から出てくる息吹が、音になり、その音に心が宿るのどすな」

「心が宿る……」

「そう、いにしえの人は言うてます。この龍笛の謂《い》われは、天地を行き来する龍の嘶《いなな》き、からきてるそうや。つまり龍の鳴き声どすな。名人が吹くと、天地が和合するほどに響き渡り、生命が漲《みなぎ》るとか……そやから、〝龍吟《りゅうぎん》〟とも呼ばれているのどす」

興味深げに見ている綾香に、綸太郎は微笑みかけると、

「もし、よろしかったら持って帰りなさい」

「え？」

「龍笛は、天地を操る龍神を呼ぶゆえ、『命の笛』とも言ってね、自分の前世が何かを分からせてくれるものなんですよ」

「命の笛……前世……」

綾香の黒い瞳の中に、龍笛が吸い込まれそうになったとき、奥から出て来た番頭の峰吉《みねきち》が意地悪そうな目になって、

「若旦那。あきまへんで。可愛い娘さんを見たら、すぐ何やかやとあげようとする癖、いい加減にやめてくなはれ」

「別に俺は……」

「いいえ。その龍笛は売り物ではありまへんが、咲花堂に伝わる大切なものやおへんか」

「そうでもないやろ。京の親父かて、笛も太鼓も嗜《たしな》んでおらん。こういうものは、使うて貰うてナンボや。そやから、笛を笛として使うてくらはる人にやな……」

「私は騙《だま》されまへんで。ほら、鼻の下がてろんと伸びてますがな」

峰吉がからかうように言うと、綸太郎は思わず鼻を手で隠して、

「バレたか……そやけどな峰吉。別に下心はないで」

と真顔で返した。二人の屈託のないやりとりに、思わずくすりと笑った綾香だが、龍笛に惹かれているのはたしかだった。なぜか目が離せないほど気になっていた。

「命の笛……と呼ばれるのには、こんな言い伝えがあるのや」

そう綸太郎は続けて、「笛の内側に塗り重ねられた漆と桜の皮で作った樺細工には、これを作った人の息吹が残っていて、その気を吸い込むと、美しい音が聴こえて、自分の前世がなんだかはっきり見られる、というのや」

「……」

「俄《にわか》には信じられへんやろが……ええから、持って行き。これを自分の側《そば》に置いて

眺めてるだけでも、遠いいにしえの人々の魂の声が聞こえそうな気がしてくるさかいな」

「若旦那……」

と、まだ峰吉が惜《お》しそうな顔になるのへ、綸太郎は、

「この娘はどこぞの大身の大名か旗本の娘に相違ない。だとすれば、後で商売になるぞ」

と、こっそり囁《ささや》くと、峰吉は俄に相好《そうごう》を崩《くず》して、さりげなく身許を尋ねた。綾香は素直に、旗本菊池家の娘だと名乗ったものだから、

「あ、あの……寄合旗本の肝煎《きもいり》の!? 私も一度だけ、青磁《せいじ》の壺を持って、番町《ばんちょう》のお屋敷にお伺《うかが》いしたことがありますわ。ああ、そうですか。菊池様のお嬢様。これはこれは……好きなだけ持って行って下され」

と急に掌を返した。だが、綾香は逆に気を使って、遠慮がちに、

「本当にいいのですか？」

「それはもう。その代わり、ずっと大事に使うとくれやす」

「はい。ありがとうございます」

綾香はその龍笛を胸に抱き締めた。よほど気に入ったのであろう。じっと掌に包む

ようにして、いつまでも眺めていた。

二

屋敷に戻ってからも、綾香は琴の稽古をせずに、まるで懐かしい玩具でも眺めるように龍笛を手にして、指先で何度も撫《な》でていた。しばらくその感触をたしかめてから、龍笛を愛《め》でるように吹いていた。それも、時折、頭の中に勝手に浮かんでくる懐かしい音曲ばかりを、何度も何度も吹いて、自室に籠もっているので、

「どうしたのだ、綾香。笛なんぞ……それは男が吹くものではないのか」

と父親の菊池左近亮《さこんのすけ》が声をかけた。だが、綾香はいつものように、娘らしい笑顔で、面白いからと答えるだけだった。しかし、本音は違っていた。

——この笛の音を聴いているだけで、何処《どこ》か遠くを飛んでいる。

そんな気がしていたのである。将軍からも目をかけられている父親、そして、大名家から嫁いできた母親には、綾香は一人娘ながら、小さな頃から疎外感を感じていた。肌合いが違うというのか……。

「私はこの両親の子ではない。きっと違う誰かが迎えに来てくれるに違いない」

と、幼子なら誰もが思い描く夢物語を、十八になる今でも感じていた。

二親《ふたおや》は何かと忙しいし、躾《しつけ》にも厳しかったから、子供の頃から一人でいるのは慣れている。ただ近頃、奇妙な現象を感じるたびに、自分が生きている浮き世が、〝偽物ではないか〟という妙な感覚に陥《おちい》るのだった。

「やはり、少し体を休めた方がいいかもしれない……」

そう思って、乳母《うば》に体をほぐしてもらい、ぐっすりと眠った翌朝のことである。

障子窓から差し込む光に、床の間に置いてあった龍笛がきらめき、内部の漆に溜《た》まっていた息吹がふわりと湧きあがった。すると、小さな音が笛から出てきた……気がした。図らずもその音を聴いた綾香の目の前が、突然、白く輝いて幻惑し、やがて、激しい嵐になった。夢かうつつか分からない中に、綾香は吸い込まれた。

そこでは——。

樵《きこり》姿の若い男・安成《やすなり》と野良着の娘・綾香が、大きな湖の前で激しく抱き合っていた。だが、突如現れた巨大な軍勢に取り囲まれ、綾香は軍勢の大将にさらわれた。

「おまえは余の后《きさき》となれ。あんな樵など、奴隷にしてやるまでよ」

綾香は思いもよらぬ宮廷に入れられてしまうが、まるで籠《かご》の鳥。樵の男と再会できることだけを念じつつ、自刃するのであった。

「千年の後……桜の木の下で……」

それから、幾年《いくとせ》――。

赤地の女中姿の綾香が、瀬戸《せと》の海原《うなばら》で小舟に乗っている姿があった。

敵将・大内《おおうち》の家臣小笠原中務丞《おがさわらなかつかさのじょう》の船に近付くと、兵士たちは三島《みしま》の遊女だと思い、声をかける。綾香が本船に近付き、熊手を打ちかけて乗り込むと、隠し持っていた太刀を中務丞にあてがった。

「我は三島明神の鶴姫《つるひめ》なり、立ち騒ぐ者あらば摩切りにせん」

敵が手を出せないうちに、味方の早船が敵船を次々と討ち、大勝利となる。

その後、三島陣代・越智《おち》安成に恋する鶴姫だが……不安な顔で戦に向かう恋人を見送った。しかし、一族の多くの者とともに、ついには海から帰らない安成――。

闘い敗れ、最愛の恋人を失った鶴姫は、水軍の守り神・三島明神に参賀し、翌朝、御手洗《みたらい》の沖に舟を漕ぎ出す。

「またの浮き世で……必ずお会いしとうございます。安成様」

鶴姫は海へと飛び込んだ。

それから次々と、雲が飛ぶ如く時代が変遷してゆく。

江戸元禄《げんろく》時代・京の都――。

花売りになっている綾香は、安成、いずこと探し回る。

だが、辻占《つじうら》の男が、水晶玉を眺めながら、

「この世に、慕《した》う男はおらぬ……百年後に、会えるぞ」

と告げるだけであった。

一方――安成も、別の享保《きょうほう》時代に生まれ変わり、大名として過ごしていた。

「余は嫁は取らぬ……鶴姫だけが、余の妻じゃ」

何かに取り憑《つ》かれたように言い続けるので、周りの家臣たちは、「殿は乱心しておる」と御家安泰のために暗殺してしまう。

その頃――江戸吉原《よしわら》で太夫《たゆう》をしていた綾香の前に、安成は現れなかった。やがて、綾香は太夫を引退し、老婆になってしまう。

「今生《こんじょう》も、安成殿にめぐり会うことが叶わなんだ……」

そんな時、女中が赤ん坊を産む。その赤ん坊こそが安成の生まれ変わりだと分かる綾香は、絶望に打ちひしがれる。

「私はこれから死にゆく身なのに、あなたは今、生まれて来たのですね……」

だが――またもや辻占の男が現れて、

「哀れよのう、綾香……またすれ違ってしもうたか……」

赤ん坊が物心つく前に、綾香はすでに死出に旅立っていた。

輪廻《りんね》を繰り返し、時代が経るごとに、お互いの前世が何であったかが、薄らいでいく。本当の自分が何者なのか……分からないまま人生を過ごすのであった。

――そんな夢物語を、臨場感溢《あふ》れる中で見た綾香は、茫然自失《ぼうぜんじしつ》の状態となった。

我に返った綾香は、目の前にある龍笛にかかっていた朝日が翳《かげ》り、不思議な音も消えているのに気づく。

「やはり疲れてるのね……ちゃんと養生した方がいいわ」

綾香は自分自身にそう言い聞かせた。

それからは、舞や琴など稽古事も怠《なま》けがちになり、幸江と一緒にあちこち出かけることが多くなった。

両国《りょうごく》橋西詰あたりは、江戸一番の盛り場である。

武家も町人もなく、多くの人々で溢《あふ》れているが、若い娘だけでうろつくところではない。タチの悪いごろつきたちが、誰彼構わず声をかけてきたり、言いがかりをつけてくることもあるからだ。

そんな中を、裾模様に九寸の帯で、町娘のような格好の綾香と幸江もぶらついていたが、あまり慣れていない感じであった。

それを見て、

「ねえちゃん、ちょっとそこで、気持ちいいことしようぜ」「幾ら出したら、帯を解くんだ？　そのつもりで、うろついてるんだろう」

などと、人相のよくない男たちが声をかけてきた。綾香と幸江の困った顔を見て、男たちは楽しそうに、さらにからかった。

「何も取って食おうってんじゃねえんだ。ちょいと、つき合ってくれよ」

「いやです。人を呼びますよ」

と幸江が言うと、男たちはさらに笑って、

「人なら、そこに大勢いるじゃねえか。でも誰も助けたくねえってよ。さ、一緒に来いよ。すぐに気持ちよくさせてやるからよ」

と強引に裏路地にある出合茶屋に連れ込もうとした。

「やめなさい！」

少々は武道を嗜《たしな》んでいる綾香が、相手に手を出したことで、男たちは余計に本性を露《あら》わにした。二人の素性を知っても、

「旗本がなんだ。大名がなんだ。そんなものが怖くて、こちとら男を売り物にしてね

えんだよ。おめえらは上物だ。さあ、来な」

と嫌がる娘たちの袖を引っ張ったときである。

さっきから路地の片隅で見ていた一人の若者が、

「つまらねえことはよしなよ」

と声をかけた。すらりと背が高く、縞模様の着物を着崩して、ぐいと落とした帯に長煙管《ギセル》を脇差《わきざし》のように差していた。

「なんだと、若造」

ごろつきたちは、若い男を振り返るなり、犬がつっかかるように素早く駆け寄って、その胸ぐらを摑《つか》むと、

「俺たちを誰だと思ってンだ。おうッ……」

と言い終わらないうちに、ごろつきは金的に膝蹴りを食らい、その場にひれ伏した。途端、他の数人のごろつきも若者に向かって行った。だが、若者もかなり喧嘩《けんか》慣れをしているのであろう。目にも留まらぬ速さで殴る蹴るを繰り返し、何人もの相手をアッという間に倒して、

「今のうちだ。とっとと帰りな」

と驚き、とまどっている綾香たちに向かって吐き出すように言った。

「てめえ……」

ごろつきの一人が匕首《あいくち》を抜き払ったが、若い男は怖《お》じ気づくどころか、むしろ刺してみろとばかりに進み出た。

相手が物凄《ものすご》い勢いで匕首を突き出してきたため、若い男はほんの僅《わず》か腕を切られた。が、相手の手首を摑んでねじ上げ、そのまま匕首の切っ先をグサリと相手の脇腹に刺した。悲鳴を上げて倒れたごろつきを、興奮した若い男はさらに蹴上げて、頭まで踏みつけた。

騒ぎに駆けつけて来た北町奉行所定町廻り同心の内海弦三郎《うつみげんざぶろう》と半蔵《はんぞう》という手練《てだ》れの岡っ引がどやしつけた。

「なんでえ、なんでえ！　また、てめえたちかッ」

と半蔵が左袖を少しめくって彫り物をちらつかせて、ごろつきの一人に近づくと、

「あ、こりゃ、半蔵親分……」

ごろつきたちは頭を下げながら、若い男に怪我をさせられた仲間を連れて逃げ出した。

「半蔵。この辺りじゃ随分な顔役なんだな」

そう声をかけた内海は、その場に立ったままの若い男の腕を摑んで、

「おまえが刺すところは、この目で見たぜ。奴は死にゃしないだろうが、ちょいと番屋まで来て貰うぞ」

「放せよ」

若い男は袖を振り払って、後ろを見たが、すでに綾香と幸江はいなくなっていた。少し寂しげに口元を歪《ゆが》めた若い男は、

「腕なんざ摑まなくても、何処《どこ》でも行ってやるよ」

と着物の襟を直してから、内海について歩き出した。

三

盛り場の外れに自身番はあった。他の町と違って少しだけ幅広の表戸は重みがあって、咎人《とがにん》が容易に逃げ出せないように施錠できる仕掛けもあった。

辺りは水茶屋、見世物小屋、矢場などがひしめいている。おのずと酔っ払いなども増えるから喧嘩などが絶えない。ゆえに、頑丈にしていたのである。

「まあ、座れよ、大吉《だいきち》」

と内海は顔見知りのように声をかけた。名を呼ばれた大吉の方は、訝《いぶか》しげな表情に

変わったが、半蔵が十手で大吉の肩を軽く叩いて、土間に座らせた。

半蔵は肩から背中にかけて、昇り龍の刺青《いれずみ》を彫っているが極道ではない。一度も渡世の道に入ったこともない。だが、諸国を渡り歩いていた遊び人であったことは事実で、江戸に迷い込んで来た十数年前、御用聞きとして生きると決めたときに、その覚悟として彫ったという。しつこいくらいに、咎人にくらいつくから、すっぽんの異名もあったが、背中の龍を見た者は、昇り龍の親分と畏敬の念もこめて呼んでいた。

大吉は内海とも半蔵とも会ったことなどない。今日が初めてだ。だが、半蔵はもう三月《みつき》も前から、大吉のことを見張っていたのである。

大吉は、何処から迷い込んで来たのか知らぬが、両国橋西詰を縄張りに、やくざ者同然の暮らしをして、毎日のように喧嘩に明け暮れていた。町のごろつきどもなど怖くないのだ。しかも、ただの不良の喧嘩ではない。自分の商売の縄張り争いのためなら、どんな汚い手でも使って、相手が立ち直れないほど叩きのめすのだ。

「おまえは手加減というものを知らぬようだな……野次馬の話じゃ、若い娘を助けようとしたというが？」

内海が挑発するような目で訊くと、大吉は鋭い目で睨《にら》みつけたまま、

「なるほどな……俺のことは、もう調べ済みってことか。だったら話が早いや。俺

は、さっきの奴らとは、商売のことで色々と揉《も》めててな。これ幸いと吹っかけたまでよ」

「六人も相手にか」

「十人だろうが百人だろうが相手になってやるぜ」

「ほう。これは豪毅《ごうき》だな」

内海はニタリと小馬鹿にするように笑ってから、「盗品のお宝や革細工、真鍮《しんちゅう》の煙管などから、象牙《ぞうげ》や鼈甲《べっこう》など御禁制のものも売り捌《さば》いてるようだが、後ろ盾は誰だ。何処の一家だ。それとも大名か旗本でもいるのか」

「誰もいねえよ。一匹狼ってところだ」

「だが、モノを売り捌くには〝売り人〟ってのがいるはずだ。若造のおまえ一人が幾ら、何処ぞからの盗品を横流ししても、売れなきゃ銭になるまい」

「……」

「闇の道があるはずだ。俺は別に、おまえみてえな小者を捕らえたいんじゃない。後ろ盾を潰《つぶ》すのが狙《ねら》いだ。そいつを明らかにすりゃ、おまえはまだ若いンだ。やり直しだってきく。俺が面倒見てやってもいいんだぜ」

「俺は誰の力も借りねえ」

と大吉はもう一度、鋭く内海を睨んだ。窃盗一味の縄張り争いに巻き込まれたこともあるし、時には、やくざ者と殺し合いになったこともある。大吉は、世の中からあぶれた若い連中の顔役であり、子供のような連中に頼りにされる存在だったが、群れるのは嫌いで、誰からも一目置かれていた。

「頼れるのは自分一人。他人をあてにするな」

というのが大吉の持論だった。だから、大吉を頼ってくる若者たちに対しても、決して気を許すことはなく、一緒に酒を飲むこともまずない。住処《すみか》が何処かも、仲間ですらよく知らなかった。

それもそのはず、大吉は女を食いモノにして、転々とその女の長屋を渡り歩いていたのである。もっとも、女たちの方は食いモノにされているとは思っていない。冷徹なまなざしに何処か吸引力があるのだろう。大吉にぞっこん惚れていたのだ。

今は、お藍《らん》という水茶屋の女と一緒に暮らしていた。やはり両国橋西詰にある『浮き世』という店の女だ。

お藍は、以前は上州《じょうしゅう》のあるやくざ者の女だった。が、男が一宿一飯の義理で、〝出入り〟に巻き込まれて死んでから江戸に流れてきた。ぶらり客として来た大吉に、お藍の方が一目惚れしてから、この半年は一緒にいるのだ。

大吉にとっては、一番付き合いの長い女であった。一月《ひとつき》も一緒にいれば、飽きてしまう性質《たち》だから、次々と乗り換えるのだが、よほど惚れたのであろう。お藍もなかなか放してくれそうもない。

お藍は大吉に本気で惚れているから、先々のことを真面目に考えているようだ。

「もう二十歳なんだから、つまらない事からは足を洗って、真面目に生きなさいな」

と説教されていた。三つばかり〝姐《あね》さん女房〟であるお藍は、大吉を弟のように可愛がっていたのだ。だが、まっとうに働けと言われるたびに、大吉は面倒臭そうな顔になって、

——ひゅう、るるる、らり、らるる……。

と癖のように口笛を吹いた。その辛気《しんき》くさい音色があまりにも古くさく、お藍はバカにして笑っていた。が、口笛は、大吉が話を逸らしたり、誤魔化すときの〝方便〟だった。

「ねえ、大吉……あたし、あんたとなら、どんな苦労だって厭《いと》わない。だから……」

年上のお藍は金銭の面倒は見るから、その日暮らしはやめて、絵が上手いのを生かして、何か手に職でも持てと諭《さと》した。たしかに絵を描いたり、見たりするのは好きだったが、そんな言い草のお藍が下らない女に思えてきた頃だった。

「おまえの女のことも調べてるんだぜ」

と半蔵は勿体《もったい》つけるような言い草で、「極道者の女を手にするとは、なかなか度胸があるじゃねえか、え？」

「昔の話だろうが」

「てめえの素性も調べてる。親父もおふくろも分からねえそうだな。だが、育ての親ならば、立派な商人じゃねえか。川崎宿《かわさき》で絹糸問屋を営んでるそうだな。どうして、家業を継ごうとしねえんだ？」

「半蔵の親分とか言いやしたかね……商人とは他人様に頭を下げて幾らだ。俺は人に頭を下げるのが一番嫌いでね。それだけのこった」

「育てて貰った恩を返す気はねえのか」

「案じなくとも、散々、礼は尽くしてきたつもりだ。それに、店にはきちんと跡取りも生まれてる。俺は用なしだから、家を出たまでだ」

「そうかい……おまえなりに苦労はあったんだな。だがな……」

「待てよ。説教は御免だぜ」

と大吉は半蔵の十手を指先で弾いてから、内海に向き直った。

「旦那。俺は、ごろつきどもと喧嘩をして刺した。だから連れて来られたんじゃねえのかい。やり直せだの、家業を継げだの……冗談じゃねえや」

「そうだな……」

内海は腰を浮かしそうになる半蔵の肩をぐいと押し下げて、「だがな、俺たちはてめえが誰と何処で喧嘩するかなんざ、どうでもいいんだよ。ごろつきの一人や二人死んだところで、どうでもいい。奴らだって、それを覚悟で喧嘩してるんだろうからな。よう、大吉。おまえの後ろ盾をだな……」

「うるせえ、てめえ！」

大吉は内海の手を摑むと、ねじ上げるようにしてすっと立ち上がった。

「こちとら、お上と遊んでる暇《ひま》がありゃ、綺麗なねえちゃんと乳繰り合ってたいんだよッ。ふざけるな、バカ」

「なんだと！」

と半蔵が摑みかかると、ひょいと避けて脚をかけ、大吉はそのまま扉を蹴倒して表に飛び出しながら、

「お縄にしたきゃ、いつでも来いよ。相手になってやるぜ」

と挑発するように走り去った。

「やろうッ」

半蔵が追いかけようとするのを、内海は薄笑いを浮かべて止めた。

「構うな。あんな奴は、放っておいても、てめえでてめえの首を絞めるだけだ。それより、半蔵……盗品や抜け荷の方は、はじめから調べ直した方がよさそうだな」

と外された扉を直しながら、「ふん。ガキのくせにバカ力があるもんだぜ」

四

その夜。番町の菊池家では、まるで何事もなかったかのように、夕餉《ゆうげ》が取られていた。父親の左近亮も母親の多喜《たき》も、昼間、綾香が巻き込まれた事件のことは何も知らなかった。

だが、綾香は、その場から逃げ出したことを悔《く》いていた。幸江に手を引かれるがままに逃げ出したのだが、本当なら自身番に一緒に行って、事件の説明をするべきであった。綾香はそのことを恥じていたのだ。

家に帰ってから、綾香は何度か父親に昼間のことを話そうとした。が、習い事に出ていたと思っている父親を怒らせることは目に見えている。それに、とっさに助けてくれた名も知らぬ若者が、心の何処かに引っかかっていた。

もし、父親がそのならず者同然の若者と関わったことを知れば、それだけでも激怒して、下手をすれば、ごろつきどもを一掃すべく家臣を率いて乗り込むかもしれない。

——だから、黙っている方がいい。

と綾香は経験上、そう思っていた。以前にも、綾香に近づいて来た若侍を、父親は尋常の勝負の上、斬り倒したことがある。柳生新陰流《やぎゅうしんかげりゅう》の達人である父親は、何か事あらば、

「武士ならば刀にて決着をつけよう」

と申し出て、相手が逃げ出せばそれでよし、向かってくれば正々堂々と闘うのだった。腕に覚えがあるから、そうするのだが、娘からしてみれば、少し追いかけ回されたくらいで、父親が命懸けで乗り出してくることに激しい抵抗があった。今回のことについても、

「下手に話したら、人の命が奪われることになる。たとえ、ごろつきでも、それではあまりに可哀想だ。黙っていればいい。二度と、あんな所に行かなければいい」

という幸江の意見に従ったのだが、綾香には忸怩《じくじ》たる思いがあった。しかし、

「巻き込まれたのは私たちの方よ」

と幸江は断言した。これ以上、ごろつきと関わりたくないというのが幸江の正直な思いのようで、事実、あの若者が相手の刃物を奪って刺した事件は、綾香たちがいなくなって後の事である。直接は関わりない。

とはいえ、綾香はこのまま黙殺するには忍びなく、やはり父親に正直に話した。

しかし、それは、青い正義感からではない。

あの時……必死に自分たちを助けてくれようとした若者が、龍笛のせいで見た幻影の中に出てきた、安成のような気がしてならなかったからである。

綾香はそれが気になり、心の中に、澱《おり》のように残っていたのだ。

すると、意外にも父親は叱《しか》りつけるどころか、

「綾香。おまえは心の優しい子だ。話してくれただけで、儂《わし》は嬉しい。だが、今後は下らぬ者が集まる盛り場などには行くなよ。それこそ余計なことに巻き込まれるゆえな」

と優しく諭《さと》したのであった。

父親には、二度と盛り場には行かないと誓った綾香だが、その翌日、両国橋西詰の自身番を訪ねていった。

若者のその後のことを知りたかったからである。もちろん、大吉という名も、そこで初めて知ったのだった。だが、応対に出た内海は、

「別に、あんたたちを助けたくて、奴らと喧嘩になったわけじゃないらしいですぜ。元々、縄張り争いとか、奴らたちの間で揉《も》め事があったんです。気にするには及びませんよ」

「でも……」

「それに、旗本のお姫《ひい》様が来る所じゃありませんよ。もし何かあったら、こっちの首が飛ぶ。どうぞ、お引き取り下さい。なんなら、お屋敷までお送りしましょうか」

内海が厄介《やっかい》払いをしようとしたとき、ふらりと綸太郎が入って来た。

「おや。いつも神楽坂下の番屋で油を売ってる旦那が、両国橋とは珍しい」

と綸太郎が土間に踏み込むなり、「ご挨拶《あいさつ》だな」と内海は不機嫌な顔を向けた。同時に、綸太郎と綾香が顔を見合わせてあっと驚いた。奇遇に驚く前に、綾香は縋《すが》りつくように綸太郎に近づいて、

「凄《すご》いんです。本当に凄かったんです。あの龍笛……」

と腕を取って喜びの笑みを洩らした。

不思議そうに見やっている内海は、

「若旦那……また、こんな若い娘をたらし込むとは、はあ……余程、暇を持て余しているか、そっちの方が好きなんだなア。でも、この娘は大身の旗本のお姫様。幾ら若旦那でも……いや、本阿弥《ほんあみ》家の庶流とはいえ、天下の上条家の御曹司だからな。高嶺《たかね》の花というわけではないのかな」

とからかうように言ったが、綸太郎にはまったく意味のない戯《ざ》れ言《ごと》だった。

「どうしたのだ。自身番なんかに」

「はい……」

綾香は曖昧《あいまい》に返事をしてから、昨日、あったことを簡単に話して、龍笛から出て来た息吹のようなものが、これまで輪廻転生《りんねてんしよう》してきた前世の幻影を映し出したことを語った。

「ほう。もう見ることができたんか。そりゃ、まさに、あんたの心が、それを……つまり再会を求めてる証《あかし》や」

「そうなのですか？」

「ああ。きっと側《そば》にいる。誰かは俺にも分からんが、きっと……」

と綸太郎が話していると、聞いていた内海が訝しげに目を向けた。

「おまえら、頭がどうかしたのか？　輪廻だの再会だの……」

それでも綾香は自分の身に起きたことを真剣に話すので、内海は気味悪げに聞いていた。

綸太郎も戯れ言とは受け取らず、綾香の話をまともに聞いていた。自分自身が体験したわけではないが、龍笛の不思議な力については、骨董を扱う者たちはともかく、雅楽や能楽の囃子方《はやしかた》などでもよく知られたことであるからだ。

「それにしても、綾香はん。その大吉とやらのことが気になるとは、もしや惚れたか」

「そ、そんなのでは……」

図星だと思ったが、綸太郎がそれ以上言えば、若い娘をからかうことになる。あえて突っ込まず、綾香の真意を聞いてから、

「なるほど、そいつが悪いのではない。自分のせいだということを、内海の旦那に話しに来たというのだな」

いわば、〝正当防衛〟だと言いたかったのだ。しかし、その後の内海の調べで、被害を受けたごろつきの方は、匕首は大吉のものだと言い張った。もっとも、そんな輩《やから》の話を内海は信じてはいないし、もとより喧嘩の真相などどうでもよい。

「事件のことは、こっちに任せて貰おうか。それより、若旦那こそ、何か用があって

来たんじゃないのか？」

「ああ、そうやった。実は……」

と綸太郎は少し声を低めて、「近頃、流行《はや》っている盗品の売買のことやが。うちの京の本店からも、二品ばかり、古瀬戸《こせと》の壺が盗まれましてな。それが、ここ両国橋西詰界隈《かいわい》の〝澤藤《さわふじ》〟という茶道具屋にあるという噂《うわさ》を聞いたんでね」

「澤藤……」

「へえ。そやけど、そんな店、何処にもあらしまへん。そやから、ちょいと様子でも聞いてみようかと」

内海はしばし唸《うな》っていたが、閃《ひらめ》いたように手を打って、

「澤藤ってのは店ではない。おそらく、澤田藤右衛門《さわだとうえもん》さんのことだろう」

「それは誰どす？」

「ふむ。それが本当なら、とんでもない奴の手に渡ったものだな」

怪訝な顔になる綸太郎に、内海は意味ありげな笑みを浮かべて、

「まあ、ついて来い。綾香とやら、おまえも来てみるがいい。あんたが心寄せてるらしい男の正体が見られるかもしれねえぞ」

五

両国橋西詰の広小路には、浅草《あさくさ》にもあるような駕籠《かご》細工の見世物小屋や水からくり、居合や独楽《こま》回し、今で言う〝ジャグラー〟のような豆蔵という大道芸人芸などを見物するために、黒山のように人々が集まっていた。さらに水茶屋や矢場などが並んでおり、まっ昼間だというのに老若男女で賑わっていた。

内海が綸太郎らを連れて、ぶらぶら歩いていると、茶店や料理屋の番頭らが出てきて、さりげなく挨拶をしながら袖の下を渡した。内海は気づく様子も見せず、

「何事もないか？　あったら、すぐに報せに来いよ」

と声をかけるだけで通り過ぎる。

「相変わらず、汚い真似《まね》をしてますな。もっとも、地回りのやくざ者に金を摑ませるよりもマシなのですかな」

「何の話だ」

「ま、見なかったことにしまひょ。で、澤藤というのは……」

「あれだよ」

と内海は指さした。

橋の袂に、ぼうっと突っ立っている侍がいる。髷《まげ》や無精髭には白いものが沢山混じっており、既に老境に入っていると見える。どこにでもいそうな老体だが、目だけは爛々と輝いていた。

「澤田藤右衛門……元はどこぞの大藩の首斬り役人だったらしいが、居合斬りの達人でな、数年前までは、この広小路で居合の見世物をしていた」

「そいつが骨董の盗品を扱ってると?」

「そういうことだ。もっとも、店や蔵は持たぬ。そんなことをすれば、すぐに足がつくからな。右から左へ渡すだけの、いわば口利き屋だな」

「口利き……つまり裏の事情に通じてるわけか。骨董などの盗品を扱う輩は、決して表には顔を出さへんからな。中には、日本橋利休庵《にほんばしりきゅうあん》のように、堂々と、その手の者から仕入れている奴もいるようやが」

日本橋利休庵の主・清右衛門《せいえもん》は綸太郎の父親のもとで修業して、江戸に来て店を出した者で、今や江戸で指折りの骨董商人として、幕閣や大名との取り引きが多く、栄耀栄華を極めている。今までも、綸太郎のことを目の敵《かたき》にして、色々な邪魔もされたが、

「利休庵のことは、まあええ……その澤藤に話をつけてくなはれ」

内海はニタリと笑って袖を振ったが、綸太郎はそれを無視して、

「ほなら、私が自分で行きますわ」

と歩みを速めて、橋の袂まで近づいて行こうとした。内海の声が背中から聞こえる。

「若旦那。相手は老いても居合の達人だ。気をつけろよ」

綸太郎は振り返りもせず、まっすぐ澤藤の前に立つと、いきなり、

「澤藤さんですな。私は『神楽坂咲花堂』の主、上条綸太郎という者です」

と名乗ると、澤藤は少しだけ驚いた顔になったが、すぐさま平然となって、

「その御方が何か？」

「回りくどい言い方はしまへん。実は京の本店から、古瀬戸が盗まれましてな。それが、はるばる江戸まで運ばれて来ているという噂があります。ま、噂話だけで言うのもなんですが、行方を知ってたら、教えてくれまへんか」

「どうして、拙者が……？」

「回りくどい話は面倒やと言うたでしょ」

「そうか。ならば……」

と腰の刀に手をかけた。綸太郎の目にも、かなりの手練《てだ》れだと分かる構えだった。一寸の間合いがずれても、腹を薙《な》ぎ斬られるであろうと感じた。背筋に冷たいものが走ったが、綸太郎もずぶの素人ではない。腰には、名刀〝阿蘇《あそ》の螢丸《ほたるまる》〟という脇差がある。いきなり来られても、一太刀目はかわす自信がある。

澤藤の履物がずれる音がしたときだ。

ダッと駆け寄って来る人影が目の片隅に入った。だが、それを見れば、澤藤の刀が鋭く抜き放たれるのは分かっていた。綸太郎は素早く間合いを取ってから、

「澤田藤右衛門さん。その腕がありながら、盗品の口利き稼業に身を落としてるのは、勿体《もったい》ないですな」

と言い終わったとき、澤藤を庇《かば》うように立ったのは、誰あろう、大吉であった。

「あっ。あなたは……」

綾香が声をかけると、ほんの一瞬だけ、大吉は視線を流したが、すぐさま綸太郎に目を戻して、

「てめえッ。なにを因縁つけてるのか知らねえが、この御方に刀を抜かせたら、生きて帰れねえぜ」

と背筋が凍《こお》るような声で叫ぶや否や大吉は矢のような速い動きで、綸太郎の顔面に

拳《こぶし》を打ちつけてきた。だが、大吉の体は、宙を舞うように前のめりに崩れ、そのまま通りの方へ勢いよく転がった。
「やろうッ」
素早く立ち上がった大吉は、すぐさま殴りかかったが、またもやかわした綸太郎は
背中をポンと押して、澤藤の方へ送った。その挑発したような綸太郎の態度に、澤藤
の目が鈍く光って、次の瞬間、鞘《さや》から白刃が抜き払われていた。
鋭い切っ先が喉元に伸びて来たが、一寸で見切った綸太郎は、すっと相手の懐《ふところ》の
中に飛び込んで、左手で相手の柄を押さえると同時、〝阿蘇の螢丸〟を抜き払って、
澤藤の脇腹を斬った。かに見えたが、着物の袖を切り裂いただけだった。
凍りついたように立ち尽くした澤藤は、啞然となって綸太郎を振り返ったが、それ
以上、斬り込んでこようとはしなかった。
「このやろう。ふざけやがって！」
と殴りかかろうとした大吉に、澤藤は鋭い声を投げかけた。
「よせ。おまえの敵《かな》う相手ではない」
そう言ってから刀を鞘に納めると、「江戸におぬしのような遣い手がおるとは知ら
なかったが……何処で修行した」

「諸国を巡るうちに、あちこちで」

「俺も年だな。おまえさんが、その気になりゃ、拙者は死んでおった」

「そんなことより……」

「分かっておる。大吉……この若旦那を、あの場所へご案内しな。そして、この人の言うとおりに、お返しするがよい」

「やはり、あんたが……」

「言っておくが、拙者が盗んだのではない。持ち込まれたものを、裏の目利き屋に橋渡しをするのが拙者の仕事。まさに、この両国橋のように、あちらとこちらをな」

そんな話を聞いても、内海が動く様子を見せないのは、裏のからくりを知っているからに他ならない。さほど骨董を扱う者は、海千山千がいるということだ。綸太郎とて知らぬことではないが、お上の人間までもが目をつむるとは、

――なんとも情けない世の中や。

と思うだけであった。

綸太郎が大吉に案内されたのは、橋の東詰にある『棹八《さおはち》』という船小屋だった。船小屋というのは、船宿に舟を貸す商売で、乗り合いではなく、〃湯船〃など、湯桶を

積んだ貸し切りの小舟が主な舟だった。もちろん、船頭つきである。

盗品はその『棹八』の舟によって、武家や豪商などの蔵に、密かに運ばれているようだった。盗まれて来たばかりの物は、一旦、『棹八』の船小屋に隠されていたようだ。綸太郎が小屋に入った途端、大吉が奥にある扉を開いた。

その先には、地下蔵に入ることのできる階段があって、大吉は蠟燭《ろうそく》を手にして、先導するように中に入った。後からついて行く綸太郎と綾香は、少しばかり不安を感じた。

――もしかしたら、閉じこめられる。

という危惧もあったからだ。だが、それが杞憂《きゆう》だったことはすぐに分かった。

地下蔵の中には、おそらく、ほとんどが盗品であろう、刀剣から、茶器、壺、硝子《ガラス》細工や掛け軸から、屏風《びょうぶ》に至るまで、様々な値打ちの物が所狭しと並べられていた。ちょっとした骨董市である。

「さあ。あんたのものがあれば、持って帰るがいい。どうせ、何処かから盗んで来たものばかりだ。こちとら、一文も損はしねえからよ」

盗む者、口を利く者、保管する者、売り捌《さば》く者……などが、きちんと〝職域〟を分けて成り立っている稼業だからか、大吉も、秘密を知られたところで困る様子を見せない。どうせ、この場所も、氷山の一角に過ぎないのであろう。

綸太郎は蔵の中をつぶさに調べてみると、確かに、ひとつだけ目当ての壺があった。盗まれたのは二つということだが、既に売り捌かれたのか、ここにはなかった。

「お陰で、ひとつでも取り戻すことができたよ……」

と綸太郎は重みのある壺を手にして、「それにしても、大吉とやら……こんなことをして暮らして、何になるのや」

大吉は余計な話はするなという目で睨み返してきた。生まれつき勝ち気な性分のようだが、綸太郎には敵わぬと承知したのか、黙って聞いていた。

「澤藤のように世捨て人になったのなら、さもありなんだが、おまえはまだ若い。その度胸や腕前を生かす道は、幾らでもあるのと違いますか」

「ねえよ」

「そうかな。世の中、ぐるり見渡せば、てめえのやっていることなんぞ、芥子粒《けし》程でしかないと気づくはずや。だが、浮き世は、おまえたち若い者が思っているほど、小さくはない。もっと目を開いて見てみい」

余計な事を言うなと反発するような目になった大吉に、綾香が寄り添うように近づきながら、しっかりした声で、

「あなたは、本当は心根の優しい人です。私には分かるんです」

「……よせ」

「本当です。でないと、咄嗟に、私たちを助けたりできません」

「ふん。八丁堀の旦那に訊いてみな。俺がどういう人間かよく知ってるはずだ」

「そんなこと、どうでもいいんです」

「……？」

「私にとって、あなたは……本当に、いい人なんです。ずっとずっと探していたような、そんな匂いのする人なんです」

綾香は自分でも何を言っているのか分からない様子だった。綸太郎はその姿を見て、

——やはり龍笛のせいか。

と思った。あまりにも確信に満ちた綾香の顔は、ただの思い込みには見えなかった。

「やはり、この人が……」

「はい、そうです、若旦那。私が、龍笛の不思議な力で見たのは、まさしく、目の前にいる、この人なんです」

「本当か？」

「間違いありません。この人です」

何を言い出すのだと、大吉の方が戸惑った顔つきになっていた。

「そうか……。だったら、益々、大事にせんとあかんな」

と後押しをするように穏やかな笑みになる綸太郎を、大吉は気味悪げに見ていた。

六

その日から、綾香は毎日のように、大吉の出没する両国橋西詰界隈に来るようになった。まるで、親を見失った雛《ひな》のように、一途に訪ねて来るのだった。

しかし、大吉の方はといえば、まったく綾香を無視して、相変わらず、喧嘩に明け暮れていた。まるで猛犬のような態度で、苛立《いらだ》ちを払拭するような暴れぶりだった。

そんな大吉を、綾香は遠目に見ていた。日ごとに、綾香の胸の中に住みついた大吉の影が大きくなっていった。しかし、口に出して何かを訴えることはできない。淡い初恋だと言えばそれまでだが、そうではないもっと深いものを綾香は感じていた。

だが、大吉はすぐ側まで綾香が来ていることを知りながら、素知らぬ素振りで立ち去るのだった。癖である口笛を吹きながら。

綾香はただ、「ありがとう。ごめんなさい」の一言を言いたかっただけなのだが、もちろんそれは口実で、もっと近しい間柄になりたいという〝下心〟があった。だが、いつも刃物のように尖《とが》った大吉の気配に言いそびれてしまう。

「これでいいじゃない。もう、綾香が心配することない。八丁堀同心も、そう言ってたんでしょ？」

同行した幸江は、綾香の手を引くのだった。

だが、綾香は、大吉の口笛の音曲が気になっていた。

――聴き覚えのある、懐かしい曲……。

たしかに、綾香自身がなぜ知っているのか分からない、あの音曲なのだ。綸太郎の前で龍笛を吹いたときに出た、あの曲なのだ。

綾香は、ますます大吉という若者の存在が気になり始めた。そのことには、幸江も気づいており、学問や琴の稽古に誘って忘れさせようとした。

そんなある日――。

綾香は意を決して、一人で大吉の長屋を探して訪ねてみた。

——少なくとも自分のせいで町方の世話になったんだ。ちゃんと謝っておきたい。というのが、綾香の正直な気持ちだった。もちろん、もう一度会いたいという思いもある。いや、その熱意の方が強かった。

綾香の出現に、大吉は明らかに戸惑っていた。何処で調べて来たのだ、という顔をしている。それに答えるつもりは綾香にはないが、三千石の旗本の娘である。供侍に調べさせれば容易なことであった。

この長屋は大吉の長屋ではない。水茶屋で働く、お藍の住まいであり、大吉は転がり込んでいるだけだ。世話になっている女の手前もある。大吉は素っ気なくあしらった。

「ありがとうございました」

「礼なんかいらねえよ。町方に引っ張られるのも慣れっこでね。——今度、あんな目に遭ったら、声を限りに叫ぶんだな」

と吐き捨てるように言って、大吉が突っ帰そうとすると、綾香は唐突に、

「あれは、なんという曲ですか？」

前に聴いた口笛である。大吉も無意識に出ていたものなので、綾香が何を言おうとしているのか一瞬理解に苦しんだようだが、

「さあな。俺が小さい頃に覚えた音曲だ……最近、なんだか急に思い出してよ」

「あれは遠い昔、二人で口ずさんだ曲ではないかしら」

「なんだ？」

「だから、あなたも懐かしく感じるのではありませんか」

「よせよ。そんな話……」

そう言って、大吉は迷惑そうに綾香を玄関から押し出した。

ふうっと溜息をつく大吉に、お藍が寄り添って、妬《や》いている顔を近づけ、

「あんなガキがいいわけ？　女殺しの異名を取るあんたが」

「おまえまで、よせよ……」

「あ、そう。あんな子供がいいんだ、へえ」

「うっせえ！」

いつも苦虫を嚙《か》み潰している大吉が、綾香の前では、はにかんだように見えたので、お藍は気になったのだ。大吉自身は気づいていないが、お藍の直感は当たっていた。

だが、来る日も来る日も、綾香は遠くから見るだけでいいからと、屋敷を抜け出し

ては、両国橋西詰界隈に大吉の姿を探しに来ていた。

ある時は、誰彼なくカツアゲもどきの脅《おど》しをかまし、ある時は二束三文の偽物の煙草や絹織物を高値で売り、ある時は若い女をたらしこんで出合茶屋にシケ込み、ある時は家出をしてきた村娘を岡場所に売ったりしていた。だが、綾香は、そんな彼の姿が嫌になるどころか、同情を感じていた。

——そんな大吉さんをどうしてあげればよいのか……。

と綾香は思っていたが、誰に相談することもできず、龍笛をくれた綸太郎にだけ、こっそりと話してみた。

「それは同情ではなく、恋ではないか。若い頃、特にあんたくらいの娘は、不良の男を好きになることがある。得体の知れない、わくわくしたものがあるからや。でもな、嵐のようにその時が過ぎれば、なんであんな人を好きになったのやろう。そう思うようになるものや」

「でも、慈愛が人を救うと、父に教わりました」

「あんたがいとおしむのは、そういう人ではないはずやと思うがな……」

と綸太郎も訳知りの大人の顔をして見せたが、本音では、輪廻した二人を龍笛が呼び寄せたに違いないと思っていた。

綾香は疑念を抱いたような顔になって、

「善人も悪人もない。人はみんな同じ。そう教えられました。なのに、現実にそんな人に接すると、誰もが尻込みする。きっと父も同じようなことを言うと思います……いいえ、下手をしたら、大吉さんを斬るかもしれません。私の災いになると」

「それも親心やと思うが……ま、斬るのはやり過ぎや」

「でも、父なら……」

やりかねないと言ってから、遠い目になった。

「どのような人にも、神仏の慈悲は降り注がれていると教えられました。なのに、この人は許し、あの人は許してはいけないなどと……そんなことがあっていいのですか」

そういう考えも、まだまだ青いからだと綸太郎は思ったが、説教して分かる年頃でもなかった。いい思いも痛い思いも、自分でしてみなければ分からないものだ。

琴の稽古がおろそかになるくらい、綾香は、寝ても覚めても大吉のことが気がかりだった。そして、ふいについて出る大吉が吹いた懐かしい音曲——。

「これはいつ聴いたのだろう……どこで聴いたのだろう」

妙に懐かしい音曲が脳裏から溢れ出て来ては、綾香の心を揺さぶるという。

「ねえ、綸太郎さん。どうしてだと思います？　やはり、前世で聴いていたのかしら」

父親は旗本だから、何不自由なく生きてきた。ごく普通に親の薦《すす》めるままに学問をし、習い事をしてきた。このまま親の言いなりになって、何処かの大名家か旗本に嫁に行くか、婿《むこ》を貰うかするのであろう。

——明日のことばかり考えて生きてきた……でも、あの人は、「明日は」とか「そのうちに」という考えをしていない。雨が降れば傘を差し、喉が渇けば水を飲むように、二度と来ない今の一瞬を生きている……。

綾香はそう感じていた。それにしても、親が決めてきた人生の中で、大吉が吹くのと同じ音曲を、一体いつ聴いて心に残っているのか……綾香自身、不思議でならなかった。

「綾香……」

と綸太郎は自分の娘か妹のように、そっと肩を抱いて、「ええか。俺の言うことをよく聞いてくれ。龍笛を与えた責任もあるさかいな」

「なんでしょう」

「あの大吉は、おまえが最初に別れた人に違いあるまい」

「最初に……」

「ああ。前に話してくれた、どこぞの宮廷に連れ去られた話や」

「はい」

「その相手やろ、大吉は。それが、今生でようやく、きちんと会えたのかもしれへん。そやから、何があっても一緒に死のうとか、自暴自棄《じぼうじき》になって、下らぬ人生を送るとか、そんなことをしてはあかん」

「どういうことでしょうか……」

「親の反対や、周りの邪魔が入るかもしれへん。そういう運命《さだめ》にある二人や。だからこそ……千年を経て会えたのやから、今度こそ、大切にせなあかん。言うてる意味が分かるか？」

「はい……」

「ええな。もう一度、言うけど、決して短慮はあかんで。それが、あの不思議な龍笛を持つ者としての掟《おきて》や」

「掟……」

揺るぎない瞳で見つめる綾香を、綸太郎も見つめ返して、しっかりと頷《うなず》いた。

千年の歳月を超えて会えたのだ。今度こそ一緒になって貰いたいというのが、綸太郎の願いだった。それゆえ、周りの反対があったとしても短慮はならぬと念を押したのだった。

七

一方、大吉の方も、口笛の音曲を、なぜ綾香が知っているのか不思議でしょうがなかった。だからか、意識をしていないつもりでも、ふいに綾香のことを思い出すようになっていた。ふと人混みの中に、その姿を探すようなこともあった。

そんな時、大吉は、盗賊一味の幹部に、廻船問屋や好事家《こうずか》の豪商から盗んで来たと思われる、著名な茶器や刀剣の処分を依頼された。売り上げの四分が大吉のものだという。

「四分……！」

「五分五分にしてやりたいところだが、こっちも都合があるのでな」

鬼三郎《きさぶろう》という窃盗一味の男は、澤藤とも縁を切れと持ちかけてきたのである。

「しかも、おまえの好きな値をつけていいぞ。これは二束三文の偽物じゃねえ。欲しがる奴なら金を惜しまぬ上物ばかりだ。そろそろ、てめえの器量で捌いてみるがいいぜ」

大吉とて贅沢《ぜいたく》する金は欲しい。一緒に暮らしているお藍や子分格の遊び人らを通して、暇な金持ち連中を集め、秘密の会を開いて、売りつけることにした。

目の肥えた好事家どもは、あまりの安値に驚くに違いないが、抜け荷でもよくある話だ。たった一日の催しで、多量の盗品があっという間に捌かれるのは、いつものことだった。

その会には、たいてい寺が使われた。寺社奉行の管轄であり、予《あらかじ》め賄《まいない》を渡しておけば、町方に分からぬよう手配してくれるのだ。

今回、使ったのは、向島《むこうじま》にある『円照寺《えんしょうじ》』という古刹《こさつ》中の古刹だった。その昔、弘法《こうぼう》大師が関東に来たときに勧進されたものだという。

境内《けいだい》には、大きな二本の桜があって、お互いの枝が重なり合う程に伸びていた。

その本堂が会場なのだが、なぜか、艶やかに着飾った綾香も来ていた。綸太郎も一緒である。

両国橋西詰での大吉の行動を見ていて、知ったのである。盗品かどうかははっきり承知していないが、大吉がどういう催し物をするのか興味があったからだ。

「凄い盛況ですね」

綾香は、大吉が何か商《あきな》いでも始めたと、真剣に思っていたのだ。そこが、お姫様たるゆえんだが、事情も知らず、のこのこ来る綾香に、大吉はなぜか苛立《いらだ》った。

「なぜ、こんな所まで来るンだ。もう俺に関わるなッ」

そんな大吉の態度に、綾香は益々惹かれてゆくのだった。きっと自分の身のことを考えてくれている。だから、そんな風な言い方をするのだと思う。

大吉の〝商売仲間〟たちは、綾香を新しい女だと誤解した。中でも、女好きで通っている亀三《かめぞう》という男が、

「なかなかの上玉じゃねえか。金を払うから、俺に回せよ」

「……」

「よう。何を黙ってンだよ、大吉。おまえも散々、弄《もてあそ》んだんだろう？　ケチケチするなって。いつぞやは、俺のお下がりをやっただろうが」

「うるせえ……黙って仕事しろ」

と大吉は声を低めて、無視したが、亀三の方は少々カチンときたらしく、

「そうかい。だったら、てめえで口説くまでよ……おい。ねえちゃん」

ヤニ下がった顔で綾香に近づいた途端、その亀三の後ろ襟を掴んで引き倒し、

「やめろってンだ、このゲスやろうが！」

と大吉は突然、ぶちキレて、亀三の顔をぶん殴り、土間に打ち付けた体にのしかかると、血ヘドを吐くまで殴り続けた。あまりの凄惨《せいさん》な光景に、商売仲間からも、止める者がいなかったので、綸太郎が大吉の腕をねじ上げて、引き離した。だが、既に亀三の顔は異様なほど腫《は》れ上がっており、意識を失っていた。

唖然となっている綾香を、興奮気味の大吉は振り向いて、

「どうだ、お姫様よ。これが俺の本性だ。分かったら、とっとと帰れ……帰れよ！二度と顔を出すンじゃねえ！」

と大吉が綾香に怒鳴りつけた時である。

昇り龍の半蔵が先導して、町方役人が怒濤《どとう》のように踏み込んで来た。

大吉は、先日、自身番で内海に取り調べられた直後からも、盗品事件のことで、ずっと張られていたのだ。大吉もバカではないから、それくらいのことは察知していたが、それにしても、手際がよすぎる。

「あんたが仕組んでたんだな」

と言いたげな目で、綸太郎を見た。

それは違うと言おうとした綸太郎に、その隙も与えないまま、とっさに大吉は綾香の手を取って、奥のドンデン返しになっている扉から逃げ出した。

ほんの一瞬の出来事で、綸太郎にも止めることができなかった。懸命に追いかけようとした捕方たちも、ガチリと閉まった扉をどうやっても開けることができなかった。

大吉は、すぐ裏手の掘割に停めてあった小舟に乗り込むと、綾香の手を引いて乗せ、そのまま漕ぎ出した。向島にも隅田《すみだ》川から流れ込んでいる幾つかの水路があったが、周りは田畑が多いから、すぐに見つかってしまうであろう。途中で乗り捨て、一旦千住《せんじゅ》宿まで歩いて行き、上州に行くと見せかけて、また江戸に舞い戻るつもりであった。

何のあてもなく、遠くまで来てしまったが、なぜそんなことをするのか、綾香はあえて訊かなかった。何も言わずじっと大吉の横顔を見ているだけだ。

「なんだよ、何かついてるか？」

「……強いんですね、喧嘩」

「みんなが弱いんだよ。もっとも、あんたと一緒にいた上条綸太郎とやらには、敵《かな》いそうもないがな」

そう言った大吉の腹の虫が鳴いた。

「何か食いたいものねえか」

「みたらし団子」

「そんなものが？」

「屋台や茶店のものは食べたことないんです。父がはしたないからって」

「ふん。やっぱり、本当のお姫様だ」

そう苦笑いしながらも、大吉は綾香が行きたいという所に連れて行ってやった。

浅草寺《せんそう》の縁日の出店、屋台の鮨屋《すし》、場末の芝居小屋、矢場、釣堀……他愛もない所ばかりだが、綾香にはまったく縁のなかった所だ。にもかかわらず、生き生きとしてくる綾香を、大吉は微笑ましく眺めていた。

「今度はあなたがじっと見る番ですか？」

「――おまえみたいな娘、見たことないよ」

「私みたいって、どんな？」

見つめ返されて、戸惑う大吉は手さえ握れなかった。そのもどかしさ、ぎこちなさが、綾香にも伝わるほどだ。だが、綾香は心から楽しそうにしていた。

「旗本のお姫様には珍しいから、面白いだけだ。すぐ飽きるよ」

と大吉が揶揄《やゆ》するように言うが、綾香はまっすぐに見つめて、

「あなたは楽しくないの？」

「そんなことはない。おまえと一緒にいるだけで……」

幸せな気分だと言いかけたが、大吉は誤魔化し笑いをして手を引っ張ると、

「こんな所にいりゃ、そのうち見つかる。その格好だしな……」

「じゃ、私、町娘にでも百姓娘にでもなる」

「うむ。それはいい考えかもしれねえな」

八

その夜、菊池家の屋敷では、大騒ぎになっていた。町のならず者の大吉が、綾香を連れて、何処かへ逃げたままだと、内海から報されたのだ。

実は、大吉が綾香を連れて逃げた後で、

「大吉は何処へ行った！　心当たりあんだろ！」

とお藍が、鬼三郎から凄い暴力を振るわれたのだ。その原因は大吉にあった。寺の裏手の小舟で逃げたのだが、実はそれは鬼三郎の持ち舟で、二重になった舟底には、千両もの大金の入った壺が隠されていたのだ。

お藍は本当に大吉の行方など知らないのだが、半殺しの目に遭ったので、内海が助け出したのだった。だが、お藍は内海にも、大吉の行方は本当に分からないと言うだけだった。

翌朝になって、内海と半蔵が菊池家に連絡を取ったが、綾香は帰って来ていない。両親は一睡もせず帰ってくるのを待っていたが、まさか自分の娘が、ならず者同然の男に入れあげていたとは知らず、

「だから言わんことない。ぶらぶら町に出すから、どうしようもない男に関わりあうことになるのだッ」

と左近亮は妻に対して、娘の監督不足だと叱り飛ばした。

「やむを得ぬ……何かあってからでは遅い。町方の手を借りるまでもない。儂《わし》が自ら娘を探し、その男を始末する」

「殿ッ」

駆けつけて来た家来たちに、草の根を分けても探し出せと命じるとともに、旗本肝煎として、他家にも援助を求めた。

「おのれ……見ておれよ……」

左近亮は奥歯を嚙《か》みしめた。

一方、鬼三郎たちも躍起になって、大吉の行方を探していた。

実は、今度の盗品を処分すれば、すぐさま舟で逃げるつもりであった。内海たち町方が身辺を探っていることに気づいていたからである。大吉を身代わりにするつもりだったのだが、たまさかのこととはいえ、金を持ち逃げされたと思って、頭に血が昇っていたのだ。

「とっとと取り戻せ！　でねえと、俺たちの苦労が水の泡だ！」

鬼三郎の子分たちは、血眼《ちまなこ》になって、大吉の行方を探し始めた。

そんなことになっていようとは露《つゆ》知らず、二人は〝逃避行〟を楽しむように、自身番や辻番の目をかわして、根岸《ねぎし》にある菊池家の別邸に来ていた。大吉の知り合いの廻り髪結いに頼んで、綾香は髪を結い直し、町娘の着物に着替えていたから、目くらましになったのであろう。

しばらく、身を潜めるようにして屋敷の中にいたが、大吉は綾香をそこに置いて、そっと立ち去ろうとした。

「大吉さん……どこへ行くの？」

「さあな。風の吹くまま気の向くままにな。おまえは、ここにいろ。そしたら、家の者に見つかるだろう。俺と一緒にいたなんてことは、黙っているがいい」

そんな大吉に、綾香は帯を解きながら、抱いていいのよと挑発する。わざとワルぶる綾香の姿に大吉は思わず吹き出してしまう。

「生娘のくせに」

「違うわよ。こう見えて、親の言いなりじゃない。私の友達もみんなそうじゃない」

綾香は明らかに背伸びをしている。そのことが分かっているから、大吉は、「触りたくもねえ」と、手も握らない。本当は、綾香を汚してしまいそうで困っているのだ。

「――おまえには懐かしい感じがする。だから……」

その夜、大吉は、綾香の手を握り締めたまま眠った。まるで、実の妹の手を握るような、素直な握り方だった。

綾香もぐっすりと眠った。何もかも忘れた、心地よい眠りだった。

翌朝、目が覚めると、大吉が側にいないので、綾香はハッと胸騒ぎがして立ち上がった。だが、縁側でぼうっと座っている背中を見て、綾香は安堵した。

「一人で、どっかに行ったのかと思った……」

振り向いた大吉は、なぜかケラケラと笑っていた。

「どうしたの？」

綾香が首を傾げると、大吉が手に数十両の金を持っているのが見えた。その大金は、綾香ですら見たことのないほどのものだった。

「それは……」

「案ずるなよ。他人様から盗んだものじゃねえ……いや、取ったことには変わりないが、これは実はな……」

と大吉は話し始めた。実は、綾香を一人置いて、何処か遠くへ逃げようとして、また向島の方へ戻ったのだった。探している奴らの裏をかいて、円照寺から逃げ出したときに使った舟を用いて、荒川から上州に逃げようと考えたのである。

ところが、その舟の底に、ごっそりと小判があるのを見つけた。

「鬼三郎兄貴のものだが、どうせ盗品を売って儲《もう》けたものだ。奴らも必死になって探してるだろうが、これだけありゃ、一生、楽して暮らせる。おまえに苦労かけることもあるまい。だから……」

舟を漕いで円照寺まで来て、必要なだけ取ってあとは境内に埋め、戻って来たというのだ。まさに、後先を考えぬ行いだが、それは綾香にしても同じことで、

――一緒に逃げることができる。今とは違う別の人生を歩むことができる。と短絡的に思ったのである。深く考えるでもなく、二人は江戸を抜け出して、何処か遠くに行って、ひっそりと暮らすのもいいのではないかと思った。

「でも……名誉、お金……殿方って、とどのつまりは、それが欲しいのね」

「おまえのような苦労知らずのお姫様には、珍しくないだろうがよ」

「大吉さんは、そういうんじゃないかと思ってた。生きてる一瞬、一瞬が輝いてるって」

大吉は自虐《じぎゃく》的に笑って、買い被りだと言い切った。

「俺はだらしなくて、つまらねえ人間なんだよ」

「うそ……本当はもっと素直な人よ」

「女は、俺みたいなロクデナシに興味を持つことがある。ハシカみたいなもんさ」

「どうして、そんなに卑下《ひげ》するの？」

「してねえよッ」

強く言った後で、大吉はすまんと小声で言ってから、しばらく黙っていたが、ふいに口笛を吹いた。懐かしいあの音曲だ。綾香はその音を聴いて、突然、耳鳴りがした。時折、夢に見たあの情景が、輪廻して来た年月を描いた幻想が襲ってきたのだ。

「大吉さん……わたしたちは、ずっと求め合ってたの。生まれるずっとずっと前から、気が遠くなるくらい遠い昔から……何度も会おうとした……でも会えなかったの……」

笑って否定されると思っていた綾香だが、大吉にも、込み上げてくるものがあったようだ。どのくらい見つめていただろうか。大吉は堰《せき》を切ったように、綾香を抱きしめた。そして、むさぼるように求めるのであった。

疲れきった二人は、いつの間にか眠りに落ちていった。

樵仕事をしている大吉から、綾香を奪って逃げる貴族。嵐の海、戦国の合戦。敵兵に殺される大吉。そして、後追い心中をする綾香など……。

同じ夢を見た二人は、不思議な心地のまま、しずかに抱き合っていた。

九

大吉と綾香は、内藤新宿《ないとうしんじゅく》を抜け、甲州《こうしゅう》街道を西に向かって歩いていた。松並木の陰には、茶店や団子屋がぱらぱらとあり、旅姿の男女や行商たちが、ひっきりなしに往来している。

途中で見つけた野良の子犬を拾って、大吉と綾香は西へ向かっていた。二人だけでいるのが当然のように。

「どこまで行くの？」

「分からない……おまえをさらった限りは、何処までもな」

のんびりと江戸を離れたはずだった。だが、笹塚《ささづか》村の手前で、追って来た宿場役人数人に誰何《すいか》された。不審な二人連れだと後から気づかれたのだ。役人は丁重な口調で、屋敷に戻って下さいと窘《たしな》めた。旗本の娘と承知している口ぶりである。

「どうやら、私の父も探してるみたいね」

「それは、当然でございましょう。菊池家といえば、徳川家譜代の名家でございます。どうか、お戻り下さいませ。おとなしく言うことを聞けば、そこな大吉なる若者も不問に付すとのことです」

「不問に……信じられない。父は、私のことを尾《つ》けただけの男を斬り捨てた人です。その言葉だけは信じられませぬ」

「ならば、どうでございましょう。その大吉だけは逃がしてやります。ですから、お姫様、あなた様だけでも私どもと一緒に……」

と言いかけたとき、大吉は敵わないと思ったのか、申し訳なさそうに、

「分かったよ。綾香、これまでの縁と諦めて、親父のところに帰るがいいぜ」

「いや、いや。私は大吉さんと……」

「だけどよ。俺なんかと一緒にいたところで、やっぱり、おまえは不幸になるだけだ」

「それでもいい。やっと会えたんだもの。千年の時を超えて会えたんだもの。お願い、連れて行って……」

「だとよ。どうする、お役人さん」

大吉が人を食ったような顔になると、役人は険しい表情に変わって、

「構わぬッ。こやつを引っ捕らえた上で、姫を御護り致すのだ！」

と命じたその時、ヒュンと飛来した竹槍が役人の背中に突き立った。声も出ないま、その場に崩れ、他の捕方たちは仰天して腰を抜かした。

大吉が振り返ると、鬼三郎とその手下が十人ばかり、怒濤《どとう》の勢いで向かって来ている。そのあまりの形相に恐れおののいたのか、宿場役人の捕方たちは逃げ出そうとしたが、鬼三郎が叫んだ。

「見られたからには、皆殺しにしちまえ」

捕方たちは六尺棒で必死に抗《あらが》ったが、あっという間に、鬼三郎の手下に殺されてし

まった。その死体に、ケッと唾を吐きかけて、鬼三郎が言った。

「よう、大吉。てめえ、下働きの分際で、とんでもねえ真似をしてくれたじゃねえか」

「すまねえ、兄貴……」

と大吉は土下座して、「この娘は関わりねえんだ。帰してやってくれ」

「そうはいかねえな」

「本当に関わりねえんだ。人質として、こいつを連れ回してただけだ。だから……」

「てめえの話なんざ聞いてねえ」

と鬼三郎は土下座をしたままの大吉を足蹴にして、振り分け荷物をぜんぶひっくり返して、小判を漁《あさ》った。二百両ばかりあった。

「大吉。残りはどうした。金はしめて千両あったんだ。こっちも、あのままトンズラしようと思ってたのによ、てめえのせいで、こっちまでお上に追われる身になっちまった。よう、何処にあるんだ」

「それは……」

「何処だ。言え！」

「円照寺だよ、向島の……灯台下暗しだと思ってな。舟底から見つけた後、当面の金だけ取って、後は境内に埋めた。ほとぼりがさめたら江戸に舞い戻って、掘り返そうと思ってよ」

「本当だな」

「ああ。この期に及んで、嘘をついてもしょうがあるめえ」

「境内の何処だ」

「桜の木の下だ。二本ある桜の、参道に近い方の桜だ」

「そうかい……なら、もう用はねえな。大吉、怨むなよッ」

と刀を振り上げると、思わず綾香が飛び出して、大吉を庇って立った。

「斬るなら私を斬りなさい」

「なんだと、このアマ」

「私を守ろうとしたために、大吉さんは逃げなければならぬ羽目になったんです。ですから、私のせいです。斬りなさい」

乳母日傘《おんばひがさ》で育った姫とは思えぬような険しい表情だった。

「大吉さん……もう二度と、あなたと離ればなれになるなんて、いやです」

また一瞬の間に、いにしえの幻想が、綾香の脳裏を巡った。

「せっかく会えたんですから……今度こそ……今度こそ、一緒に死にましょう」

「馬鹿げた話はもうよせ」

と大吉は言った。

「そう……俺たちが、輪廻によって再会しただなんて……」

「ならどうして？　なぜ、大吉さんは私に一目惚れしたの？」

「そんなこと言ったか？」

「私には分かるの……私のこと、懐かしいって言ったわ」

「綾香……自分の人生を大切に生きるンだ。俺とはもう関わるな」

「ごろつきだから？」

「そうじゃない……俺は……」

大吉は綾香を振り切るように立ち上がると、鬼三郎に突っかかって行った。だが、なぜか、鬼三郎は大吉を斬らず、

「おいッ」

と子分たちに取り押さえさせた。

「桜の木の下の話も嘘かもしれねえ……まずは、寺に戻って確かめる。殺すのはそれからでも遅くあるめえ。もし、嘘だったら、指の爪を一枚ずつ剝がしてでも、本当の在処《ありか》を吐かせるまでだ」

そのまま裏道を使って遠回りして、向島の円照寺に着くと、夜中になっていた。

蒼い月が照らす中で、鬼三郎は大吉に金を埋めた場所を掘らせていた。言いなりになって、せっせと働く大吉だったが、掘り出してしまえば殺されるのは明らかだ。まるで自分の墓穴を掘っているようなものだった。見ている者たちがじれったくなるほど、のらりくらりとしていたが、

「貸しやがれ」

と痺《しび》れを切らしたように、子分の一人が掘り始めた。途端、ガツンと鍬《くわ》の先に何か当たる感覚があって、すぐさま壺が現れた。しかも、丁寧に壺の上に石ころを置いて、分かりにくくしている。

「ありやしたぜ。じゃ、このあたりで……」

子分が振り返って、大吉に鍬を向けたとき、綾香は、遠い昔にもこんなことがあったような気がした。大吉だけが打ち殺されて、自分は助かってしまう。

——そんな……千年も待ったのに、やっとめぐり逢ったのに、こんなことで……。

と綾香は思った。そして、

「私が変えるッ。私が大吉さんの運命を変えてやる」

と気が遠くなるほど大きな声で叫んだ時、ふっとその幻影が消えると同時に、ばふふ、ひょろろ、ぼふふ……と龍笛の音が何処からともなく流れてきた。

鍬を振り上げていた子分が音がする方に振り返った途端、闇の中から石礫《いしつぶて》が飛来して、ガツンと目ン玉に命中した。わっと倒れた弾みで、鍬の先が仲間の足の上に落ちた。悲鳴が夜の境内にこだましたとき、また龍笛の音が厳《おごそ》かに鳴り響いて、山門の外から、ふわりと影が浮かぶように現れたのは——綸太郎であった。

「誰でぇッ」

鬼三郎は目を凝《こ》らしたが、綸太郎は名乗ることもなく、

「その二人はようやく今生で会えたのや。おまえたちの小汚い欲で、踏みつぶすのはあんまりやないか」

と言ってから、綾香に振り返り、

「この龍笛のせいやと、お父上に突っ返されてしもうてな」

「何をぐちゃぐちゃと……構わねえ。ぶっ殺してしまえッ」

と鬼三郎が怒鳴ると、子分たちが匕首や長脇差を抜き払って斬りかかってきた。綸太郎は素早くかわしながら、〝阿蘇の螢丸〟を抜くと遠慮なく相手の小手や肩、肘や膝などを打ち抜いた。

「わっ。うわあ！」

情けない悲鳴を上げながら転がる子分たちの姿を見て、鬼三郎は唖然となって逃げようとしたが、綸太郎は遠慮なくスパッと髷を弾き飛ばした。眉間を切られたと思った鬼三郎は、へなへなとその場に崩れて腰が抜けてしまったようだ。

そこへ、内海と半蔵が駆けつけて来て、捕方たちが一斉に鬼三郎たちを縛り上げた。

「過《あやま》ちは誰にでもあることだ。不良にうつつをぬかすなんて、綾香さん……お父上に、しっかりと謝ることだな」

と内海は説教じみて言ってから、大吉を振り向いた。

「おまえにも来て貰うぜ。こいつらの仲間だったことには変わりねえんだからな」

「……」

「ま……待って下さい」

と言ったのは綾香の方だった。弁明をしようとしたのだが、大吉が止めた。

「よせよ、綾香。……もし、あの時、おまえと会っていなければ、こんな騒ぎにならなかったし、おまえのおとっつあんやおっかさんを苦しめる事もなかった。だから
……」

「それは違います。私が望んだことです。私が、あなたについて行きたいと願ったんですから。それは……」

「人は自分にないものを求めるからな……これからどうする」

「——大吉さんらしい言葉じゃない。本当に素直になるには、勇気がいるって分かったの」

綾香は、今までの自分が素直でなかったと断言した。勇気を出して、大吉の前では素直になれた。何度も〝輪廻転生〟して求めあった二人だから分かるのだ。だから、大吉にも今までどおり本音で生きていて欲しい——綾香はそう言って見つめた。ずたずたに傷ついた、一文なしの大吉でも、綾香はついていく自信があった。たとえ、父親から勘当されても、その覚悟はあった。

大吉とて同じ気持ちだが、姫を連れ去る勇気はない。しかし、金持ちから金をかすめとったり、恐喝することくらい朝飯前。そんな乱暴で、めちゃくちゃな大吉だからこそ、綾香は一緒にいたいのだ。

——この人は私がいないと本当にだめになる。本当に純粋だと知ってるのは私だけ。たとえ自惚れだと言われても……。

綾香はそう信じていた。

もし旅をするとしたら、二人の記憶にある、あの音曲を探す旅かもしれない。きっとそうだ……二人は、一瞬一瞬、一緒にいることで燦《きら》めくことができる。そう感じていた。

そんな二人を眺めながら、綸太郎がそっと近づいた。

「昔、唐の国にこんな話があったんだ。まあ聞けよ……ある王の侍従の妻があまりにも美しかったので、王は横恋慕し、その侍従の妻を自分の側室にし、侍従を奴隷にしてしまった。厳しい処遇に堪えきれなくていずれ死ぬと思ったが、なかなか死なぬ。けれど、後宮に閉じこめられていた妻は、密かに夫へ文を届けたんだ」

「文……」

「それは、どんな身になっても、あなたのことを愛し続けているというものだった。侍従は妻への思いを抱いたまま、自刃した……そして、その後、王の目の前で、妻も自害に及んだのだ。家臣や来賓《らいひん》が見ている前でな」

「……」

「そこまで激しい愛情だった。妻は、死んだら夫と同じ墓に入れてくれと遺書に書いていたが、それを読んだ王は、嫉妬に燃え、遺書とは全く逆のことをした。『墓は別々にせよ。しかも、互いが見えるが、谷を挟んで、決して手の届かぬ所へ、別々の墓を建てよ。どんなに慕い合っても、ひとつになれぬようにしてやれ』と意地悪な処置をした」

そう言ってから、綸太郎は目の前にある二本の桜を見上げた。花の咲く季節ではない。ただただ、味気ない枝が伸びているだけである。

「その二つの墓からは、いつの間にか梓《あずさ》の木が生え、みるみる間に成長し、十日もせぬうちに枝が伸び、根も広がり、谷を越えて二つの梓の木は枝を絡めるほど大きくなったという話だ……この二本の桜も、それと同じような謂われがあるのだ」

「……」

綾香は綸太郎の話を聞いていて、この桜が、大吉と自分ではないか、そう思った。

そして、夢の中で見た、

『千年の後……桜の下で会おう……』

と言った言葉を、はっきりと思い出していた。

「そうか……この桜は、大吉さんと私だったんだ……そうなんですね、綸太郎さん」

綸太郎は何も答えず、もう一度、龍笛を取り出すと、ゆるやかに吹き始めた。

かつて、二人が心中することを一瞬にして決心したことも、永遠に一緒にいたいという熱い恋心を抱いたことも、誰も知らない。二人だけにしか分からない世界が、そこにある。

それは夢なのか現実なのか……。

龍笛の音色が広がると、さやさやと桜の枝が揺れた。そして、千年前と同じ蒼い月が、二人を見下ろしていた。

第二話　月の雨

一

十五夜なのにうね雲に隠れて、せっかくの名月が見られない。だが、ぼんやりと月の光が雲の上に広がっていて、そこはかとない〝無月〟の風情《ふぜい》が漂っている。

いにしえの人は、こんな宵《よい》にはらはらと降る小雨のことを〝月の雨〟と詠《よ》んで、満月を惜《お》しみ、やるせない心を表した。そして、〝月の雨〟の夜には、珍しいことが起こるという言い伝えもあった。

しっとりと雨に濡れた神楽坂の路地が、天からの薄暗い行灯《あんどん》に照らされて、秋風が音もなく通り過ぎたとき、一人の女がふいに、『咲花堂』の前に立った。白木格子の表戸は既に閉じられ、内玄関の紅葉《もみじ》模様の暖簾《のれん》も下ろされていたが、部屋の中では、後片付けでもしているのであろうか。まだ煌々《こうこう》と明かりが灯っていた。

「こんばんは。ごめん下さい」

声をかけた女は目鼻立ちの美しい麗人であったが、臨月間近なのであろうか、でっぷりとしたお腹の帯が苦しそうであった。女が二度目の声をかけたとき、

「へえへえ、少々、お待ちを……」

と言いながら、峰吉が顔を出した。雲という天幕に隠された月明かりが、仄《ほの》かな色彩を帯びて、女を浮かび上がらせていた。その上、霧雨に燦《きら》めいた黒髪が、ぞくっとするほど美しく、峰吉は一瞬、息を呑み込んだ。一見して妊婦だと分かったが、妖艶な笑みはまもなく赤ん坊を産む女には見えなかった。

「あの……どちらさんでっしゃろ」

峰吉が尋ねると、女はしなやかに頭を下げて、

「お絹《きぬ》という者でございます。こちらに、置屋『喜久茂《きくしげ》』の芸者、桃路《ももじ》が来ていると伺《うかが》ったのですが」

「へえ。桃路姐《ねえ》さんなら、いらしてますよ。ここで立ち話もなんや、ささ、どうぞうぞ、むさ苦しい所ですが、入ってくださいまし」

と峰吉が店内に招き入れると、お絹は整然と陳列されている刀剣や茶碗、掛け軸などを物珍しそうに見回して、

「はあ……さすが、噂に聞く『咲花堂』さんですね。置いてあるものが違います」

「骨董のことが分かるのですか」

「主人が……この子の父親がちょっと凝《こ》ってましてね。でも、刀剣目利きの上条綸太郎さんと比べるのは、あまりにも失礼ですね」

「そんなことありまへん。ささ……」

峰吉は何だか嬉しそうに、お絹を奥に招き入れると、二階に声をかけた。綸太郎と桃路に声をかけたのだ。すぐに桃路の声が返って来たものの、なかなか降りて来ない。

「何をしてんのかいな……あ、別に変なことをしてるのとちゃいますよ。ちょっと珍しい小袖があったものやさかい、合わせてるのどす。小袖ちゅうのは元々はお侍が甲冑《かっちゅう》や裃《かみしも》の下に着ていたものでしてな、男物を着ることが、その昔、流行《はや》りまして。ええものが、たまたま手に入ったもので……あは、私は何の言い訳をしとるのやろ。すぐに茶でもいれますさかい、どうぞ、ごゆるりとしてくれなはれ」

と言いながら、峰吉は二階に上がった。

お絹は値踏みをするように店内を見回していたが、なぜか満足そうに頷《うなず》くと、深い溜息をついて、

「桃路め……ええ金蔓《かねづる》を摑んだじゃないか」

と呟《つぶや》いた。その目は少しばかり嫉妬《しっと》を含んでいるようだったが、哀しみも帯びていた。

お絹は大きなお腹をよっこらしょと抱えるようにして座り直すと、床の間に飾られ

ている掛け軸を見た。

力強いが素朴な筆跡で、唐詩が書かれている。お絹には読めないが、そこには『秋日』という、共に語る友もなく、憂いを抱いて一人いる……という孤独を嘆《なげ》くような詩が書かれていた。

綸太郎が桃路を連れて降りて来ると、お絹は挨拶もそこそこに、

「懐かしいなあ、桃路。ちっとも変わってない。達者そうでなによりだよ」

と手をぎゅっと握り締めた。まるで生き別れになっていた妹にでも会ったように、お絹は桃路を抱き締めようとした。だが、桃路の方は戸惑ったような、少し迷惑そうな顔になって、

「お絹姉さん……」

そう言ったまま凍《こお》りついた。そして、改めて、お絹のお腹をそっと撫《な》でて、

「やや子が……この大きさだったら、もうすぐ……？」

「うん。実はつい今し方、置屋の方を訪ねたんだけど、女将《おかみ》さんに追い出されてな」

「追い出された……」

気がかりなふうに顔を向けたのは、綸太郎の方だった。お絹は微笑んで領いてから、

「お初にお目にかかります。桃路の姉の、お絹と申します。姉と申しましても、血の繋《つな》がりがあるわけではありません。同じ置屋の芸者で、私が三年ばかり先に稼業入りしたものですから……もっとも、桃路とは本当の姉妹以上に仲良くしてたから、なあ……」

と同意を求めたが、桃路は曖昧《あいまい》に返事をしてから、

「それにしても、どうしたのよ。しかも、こんな夜中に」

「だから、女将さんに追い出されてしまって」

「そりゃ、そうでしょ。二度と敷居を跨《また》ぐつもりはないって、お絹姉さんの方から、飛び出して行ったんだから……」

桃路もお絹も詳細は語らなかったが、もう五年近く前、お絹は他の芸者の旦那を寝取るという〝掟破《おきてやぶ》り〟をして、そのまま男と一緒に夜逃げ同然に姿を消したのである。その後、女将に対して、詫び状のひとつでも寄こすのかと思ったら、逆に、

『恋路の邪魔をする者は百代祟《たた》られる』

などと忘恩の言葉や恨《うら》み言を書き連ねた文を寄こした。女将が追い出すのも当然だと、桃路は思う。しかも、当時、桃路が溜《た》めていた十数両のお金を、そのまま持ち逃げしたのだから、

——よくも、おめおめと帰って来れたもんだ。

　というのが桃路の偽らざる気持ちだった。

「まあ、そう言わずに桃路。私もあれから、色々とあって、ちょっとした幸せを摑んだのさ。一緒に駆け落ちした男は、やっぱり女房がいいと元の鞘に戻ったけれどね」

「で、今は何処《どこ》でどうしてるの」

「桃路、あんたは知らないかもしれないけれど、梶山清流《かじやませいりゅう》という狩野《かのう》派を受け継ぐ絵師の世話になってるんだよ」

「梶山清流……」

　と階段から降りて来ながら、峰吉が声をひっくり返した。

「その御仁なら、近頃、評判の屛風《びょうぶ》絵師やないか。ですよねえ、若旦那」

「ああ。俺はまだ会うたことはないが、絵は何度か見たことがある。岩絵具や水干《すいかん》絵具を巧みに使い、裏箔を丁寧に仕上げた、上品で風情のある鯉《こい》や鳥の絵が素晴らしい。まだ若くて、大名や旗本の屋敷によく出入りしてはると聞いてるが、いずれは公儀絵師にでもならはるつもりやろか」

「さすがは上条綸太郎様。よくご存じですこと。桃路も本当にいいお人を見つけたね」

「な、何を言うの。私はただ……」

と言葉を濁してから、お絹が懐かしがるのとは逆に、桃路は、よく来れたものねと冷たくあしらった。

「大丈夫よ。借りたお金は、すぐにでもきちんと返すから」

「借りた？　あれは……」

「まあ、ええやないか、桃路。もう何年も前のことやろ」

と綸太郎は止めた。お絹のどことなく気怠《けだる》そうな美しさに惹かれたわけではないが、久しぶりに会った者同士が悪口を言い合うのも悲しいではないか。掛け軸に書かれている言葉は、友人が一人もいなくて人生を嘆いている。けれども、桃路には、こうして訪ねて来てくれる人がいて幸せだと、したり顔で言った。

「若旦那は、この人がどんな人間か知らないから、そんな……大体、そんな体で、どうして来たりしたのよ」

桃路は何か裏があるのではないかと勘ぐったが、峰吉も茶を差し出して、

「いつもの桃路姐さんらしゅうありまへんで。サバサバとして小粋《こいき》な鉄火肌で、ポポンと鼓《つづみ》を打つような桃路さんらしく、ここはドンと受け入れてあげなはれ」

「……だから、何をしに来たの」

と桃路は改めて、お絹に訊いた。

「そうねえ……」

お絹は茶をゆっくり飲んでから、「里帰りのつもりだった。お腹に赤ちゃんができて、実家に帰ったら、みんな喜んでくれると思ってた。なのに……」

「言ったでしょ。お絹姉さんが、掟破りをしたからよ。そりゃ、私は許してあげたいけれどさ。女将さんの間に立ってくれと言われても、それだけはお断りだよ」

「冷たいねえ……」

「自業自得っていうんじゃないの、それは」

実は、当時、桃路には惚れた男がいて、その男との祝言《しゅうげん》費用にと溜めていた金だったのだ。それを、お絹は黙って持ち出して、行方を晦《くら》ましたのだから、桃路も被害者なのである。

お絹の金の持ち逃げ事件はそれだけではない。生まれつき男癖が悪いのと同じで、手癖も悪いのだろうか、女将の財布から金を持ち出す常習犯で、見つかると、「後で返すからいいでしょう」と居直るのである。

それでも、当時の女将は、お絹に甘かった。置屋で一番の売れっ子芸者だったから、お絹が纏《まと》まった金を持ち出すのを大目に見ていたのである。

そして、金を持ったまま、数日の間、ぷっつりといなくなっても、何事もなかった顔で帰って来る。金を何処でどう使っていたかは、はっきりとしていない。だが、すってんてんになったお絹は、平気で桃路たち妹分の財布をあてにするのが常だった。かといって、返すわけではない。売れっ子芸者ゆえ、実入りはあるのだが、桃路も一文たりとも返済されたためしがない。そのことを追及しても、

「あんたには、随分と世話してやったろう？」

と恩着せがましく言っておしまい。桃路の方もくどくど言う気になれないくらい、綺麗サッパリに忘れるから、こんな女だと諦めるしかなかったのである。

大概は、贅沢する金が欲しくて、人の金を拝借するのだ。それにもかかわらず、

「桃路、あんたはいつまで経っても、苦労性だねえ」

などと、真面目に苦労して働いている桃路たちをからかうから、どんな育ち方をしてきたのか、置屋の女たちは訝《いぶか》しがっていた。かくも、お絹はそんないい加減な女なのである。にもかかわらず、

「それにしても、美形だなあ……」

と綸太郎は、お絹のことを快く受け入れた。

お絹は三十を過ぎたものの、さぞ男を泣かしてきたであろうという美貌で、自尊心

もかなり高そうである。妊婦であることを忘れさせるほど、色香が漂っていた。

言葉遣いは丁寧だが、端々に突《つ》っ慳貪《けんどん》な物腰とは裏腹な、弱さがある。そこが、また男心を揺さぶる、と、綸太郎は感じていた。

お絹が、旦那の梶山清流が絵に専念しているから、しばらく泊めて欲しいと願うと、

「いいですよ。こんな狭い所でよかったら、何日でも泊まっていって下さい」

調子よく快諾した綸太郎だが、桃路は何があっても知らないわよと釘を刺して、

「じゃ、私はまだ用があるから」

と小袖を手にして、店から出て行くのであった。お絹はそんな桃路を見送って、

「相変わらずねえ。素直じゃないんだから」

何がおかしいのか、くすりと笑って綸太郎に流し目を送ってきた。

二

翌朝、やはり気になったのか、桃路が『咲花堂』を訪ねて来た。お絹は身重ゆえ、二階は危なかろうと、店の奥で休ませていた。

綸太郎は二階で、目利きの仕事をしていたが、峰吉は所用があって出かけていた。

「まったく不用心なんだから」

と桃路は厳しい目で、お絹を睨《にら》みつけた。

「あら、桃路。やっぱり私が心配で来てくれたんだねえ。嬉しいよ」

「そうじゃない。この店は高い値のものばかりあるからね。盗まれないように見張りに来たんだよ」

「随分だねえ」

「そう疑いたくなるのは分かるでしょ？　散々、やられたんだから」

「でも、私のお腹には、やや子がいるんだよ。そんな言い草はないじゃないか」

「まだ猫を被ってる。どうせ、二階にいる若旦那に本性がバレちゃ困るからでしょ？　ねえ、どういう魂胆で舞い戻って来たのさ。女将さんだって、きちんと訳を話せば、面倒見ないでもないが、帰って来た途端、謝るどころか、娘のように振る舞われちゃたまらないって言ってたわよ」

「そう」

「そうって、お絹姉さん。きちんと話をして下さいな。そのお腹の子は、本当に梶山清流のタネなの？」

「あんたも酷《ひど》い物言いをするねえ。そんなに私が憎いのかい」

「そうじゃない。きちんとして欲しいんだ。そりゃ私は、姉さんには色々と芸事のイロハを教わった。でも、いい加減な生き方を見ていると、どうも……」

「いちいち、煩《うるさ》いねえ」

とお絹は遮《さえぎ》って、それが本性かと思えるような目つきになって、「ガチャガチャ言われると、お腹の赤ん坊によくないんだよ。それに、あんたなんかに、人の生き方をどうのこうのと言われたくないねえ。自分が何様のつもりなんだい。聞けば、今じゃ、神楽坂じゃ、ちょっとした顔らしいが、昔の恩を忘れるとは、大した芸者じゃないねえ」

「昔の恩……？　そっくり、そのままお返しするよ。姉さんこそちっとも変わってない。変わりようがないか。男を食い物にして生きて来たんだからねえ」

「ふん。私に食われた男は幸せものだよ」

大きな腹でありながら、どこか艶《あで》やかさを残しているところが、お絹の凄《すご》いところであると、同じ女として桃路は感じていたが、ふいに現れたことが腑に落ちなかったのである。

「若旦那は人がいいから、二つ返事で、何日いてもいいよって言ったけど、姉さんから見れば赤の他人。遠慮ってものがあるでしょ？　どんな事情があるのか知らないけれど、梶山ナントカが父親ならば、その人の所で産めばいい」

「……」

「どうせ、そこにも居られない何か悪さでもしたんでしょうが、私が一緒に行って謝ってあげるから、帰りましょ。さあ」

「いやだ」

「やっぱり、疚《やま》しい何かがあるんだね」

桃路は、思わずお絹の手を取って、「さあ。行こうよ。この店は、姉さんが長居するような所じゃないんだよ。一晩泊めて貰っただけでも幸せだと思いなさいな」

とあくまでも冷たく言った。

そんな桃路に、階上から綸太郎の声がかかった。

「桃路。さっきから聞いていたが、いい加減にしなや」

「わ、若旦那……」

「どんな訳があろうとも、お絹さんは、長年暮らしたこの神楽坂で赤ん坊を産みたい、そう思うて帰って来たのやないか。その気持ちくらいは分かってやれ」

「違う、違う。若旦那も、姉さんの毒に当たってしまったの？　そんな綺麗事のために帰って来る人とは違う。そのことは、この私が一番……」

「知ってたとしても、ここは俺の店や。桃路が四の五の言うことはない」

そう言われれば身も蓋《ふた》もない。桃路は黙ってしまうしかなかったが、お絹の方は少しばかり勝ち誇ったような笑みを見せて、

「若旦那の言うとおり、私の故郷でもある神楽坂で、子供を産みたかっただけよ。こういう時って、やっぱり肉親がいないと心細いから……桃路。あんたのことを妹と慕《した》って来たのだから、せめて生まれるまでは、ねえ」

としんみりと語るように言った。だが、桃路はそれでも、お絹は何か企んでいるに違いないと決めつけていた。

「父親は面倒みてくれないの？　大体、その子の父親が誰か、分かってるの」

となおも桃路は、お絹を責めた。男出入りの激しかったお絹のことを、春をひさぐ女のように不潔だと感じていた。

「どうせ、分からないんでしょ、父親が誰かなんて。だから、のこのこ私の所に来るしかなかったのよ」

一文も金がないから、中条流《ちゅうじょう》で堕胎することもできず、産む費用もなくて、仕方なく縋《すが》りついて来たのだと桃路は思っていた。

桃路に辛く当たられて、お絹は目を潤《うる》ませた。

「よせよ……」

綸太郎は、お絹を庇《かば》った。

「若旦那。これも、姉さん一流の嘘泣きなんですよ。今に分かりますよ」

「さよか。それなら、それでええやないか。嘘から出る真《まこと》もある。後は、俺に任せて、桃路……おまえは座敷があるのと違うか」

「あら。体《てい》よく追い出したいってことですか。若旦那……姉さんは、そんな体でも男をくわえ込むのが上手ですから、せいぜい気をつけて下さいね」

「桃路。おまえらしくないぞ」

「若旦那もです。それじゃ」

と桃路は腹立たしげに、下駄を鳴らしながら表に出て行った。石畳を踏みつける音が、店内まで聞こえてきた。

「——なんやろな。桃路のあんな顔を見たのは初めてや」

「焼き餅やいてんですよ」

「え？」

「これで、よく分かりました。あの子、若旦那のこと、心底、好きなんですね。私からもお願い致します。せいぜい、可愛がってあげて下さい」

「あ、いや……」

「東男に京女とは言いますが、その逆もまた、いいものじゃありませんこと？」

「そうかねえ」

綸太郎は、子供を産む決心をしたお絹の身の上話を聞いてやろうとした。すると、お絹は羽織をそっと脱ぐがごとく、しぜんと昔のことを手繰り寄せるように話し始めた。

「この子の父親は……夕べも言ったとおり、梶山清流なんです」

「うむ。乗りに乗ってる絵師やからな。余計な推察かもしれへんが、もしかしたら、梶山に産むなとでも言われたのどすか？」

「そうではありませんが……まあ、困ってるのは正直なところでしょう」

「それは、どうして」

「はい。それは……相手の理由なんぞ、分かりません。私は一人でも産んで育てる。そう決心しただけのことです」

「一人で……」

「大変なのは分かっています。けれど、これでも、私は、旗本の江本淡路守《えのもとあわじのかみ》にも可愛がられていたことがあったのです」

「旗本……」

「ええ。ですから、お金には困ることはないのですが、ただ寂《さび》しくて……ただただ、寂しくて……」

切なげな目で、じっと見つめるお絹の話は、たしかに半分は眉唾《まゆつば》であろうと思った綸太郎だが、その透き通った瞳にくらっとなるのであった。

三

お絹が姿を消したのは、三日後のことだった。

その前日、お絹が突然、陣痛を起こしたので、綸太郎と桃路は、てんやわんやで産婆を呼びにやり、大変な騒ぎの中で、無事に男児を出産した。『咲花堂』が出生地となったのだった。

だが、その翌日、お絹は、産んだ赤ん坊を寝床に残したまま、いなくなったのである。

「それ見なさい！　赤ん坊を産み落としに来ただけよ！」

と桃路は、責めるように迫ったが、綸太郎はいつものように何事があっても恬淡《てんたん》とした顔で、生まれたばかりの赤ん坊の貰《もら》い乳をしたり、おしめの始末をしてやるのだった。

「若旦那ったら……」

「そうは言っても、この子には関わりのないことや。ま、いつか戻って来るやろ。なあ、赤ん坊。べろべろばあ」

「何を暢気《のんき》なッ。若旦那は、この子を育ててあげる気!?」

「いや。それは困る」

「でしょ？　だったら、情けは無用。今頃、羽を伸ばしてせいせいしてるに違いない。自分は勝手気儘《きまま》にできる身になったんだってね。ああ腹が立つ！」

と桃路は感情を隠さないで露わにするが、お絹は出産したばかりの体なのだ。出て行くなんて、かなり無理をしているはずだ。

「それほどまでするには、何か深い訳があるはずや」

綸太郎は、お絹に何か事情があって失踪したのだろうから、帰って来るまで子供を預かろうと言った。だが、桃路は猛反対だ。

「冗談じゃないわよッ。いつ戻って来るか分からない姉さんなんか待ってたら、赤ん坊が大人になってしまう」

お絹には何度も失踪の前科がある。だから、綸太郎の暢気な提案など聞いてられなかった。すぐにでも追っ手を出して、桃路はなんとしても早くお絹を見つけたかった。

「そうだ。この際、玉八《たまはち》でもいい。探してもらわないとえらい目にあう……」

玉八とは、お絹にべったりくっついている幇間《たいこもち》である。オコゼみたいな顔をしているので、それだけで笑えるのだが、元々は、ならず者同然の暮らしをしていたのを、綸太郎と会ったことで、幇間を生業《なりわい》としたのである。

子供を産み棄てた母親を探して欲しいと自身番にも届け出て、同心の内海や岡っ引の半蔵らも、一応、腰は上げた。が……二日経っても、三日が過ぎても、お絹がどこに雲隠れしたか、全く見当がつかなかった。

ただ、綸太郎に自慢して話していた、

――父親は、絵師の梶山清流だ。

ということだけが、手掛かりといえば、手掛かりだ。

「ねえ、若旦那。若旦那なら、梶山清流って絵師の住まいくらい、すぐに分かるんじゃないの？」

「そりゃ、そうだが……」

「なによ、その、気のない返事は。本当に、その赤ん坊を育てる気？　一時も早く返した方が、赤ん坊のためでもあるのよ。お絹姉さんだって、お乳が張ってるはず」

「だったら、戻って来るだろう」

「あ、そう。じゃ、私一人でなんとかします。若旦那にそんな赤ん坊の面倒を見させたくありませんから」

　桃路は、早速、梶山清流の仕事場を探した。深川《ふかがわ》不動堂側に『かげろう』という茶屋があって、その二階をそっくりそのまま、清流が使っているとのことだった。鬱蒼《うっそう》とした木立に囲まれた参道に面した茶屋である。

　清流には数人の弟子がいて、身の回りの世話をしながら、絵の修業をしていた。顔料の使い方から、絵の構図の勉強もさることながら、狩野派独特の漢画の流れに大和《やまと》絵を組み入れた画風を徹底して学んでいたのである。

　茶屋は都合のよい〝防壁〟となっており、雑音を消して、自分の世界に陶酔できるようになっていた。だから、桃路が訪ねたときも、今は仕事中であるから、会うことはできないと、けんもほろろの扱いだった。しつこく食い下がる桃路だが、

「清流先生は今、ある大名の上屋敷のお仕事のため、面会はできかねます」

と茶屋の主人にキッパリと断られた。初老の主人は実に迷惑そうな顔で、人を侮蔑《ぶべつ》したような目つきを投げてきた。

「あ、そう。では、お二階に聞こえるように、表から声をかけてみますッ」

桃路は、なめるなよ、と小声で店の主人に言うと、着物の裾を小粋《こいき》にめくった。赤い襦袢《じゅばん》もめくれ、白い足が露《あら》わになったので、参道を往来する人々が何事かと立ち止まった。

「ちょいと、お二階の梶山清流さん！　あんた、自分の子供を女に産ませといて、知らんぷりとはどういう訳だい！　事と次第じゃ、大名だろうが旗本だろうが、ぜんぶバラしちまうから、顔を出しな！」

まるで脅《おど》しである。だが、二階の障子窓は閉まったままで、開く気配がない。桃路は、お絹の名も出して、同じような悪口雑言を叫び続けると、先程の茶屋の主人が慌てふためいた顔で駆けつけて来た。

「おやめ下さいまし。事情だけは聞くようにと、清流先生に特別に計らいますから、大声はやめて、さあ、店の中にお入りなさい」

「ちょいと。こちとら、神楽坂じゃ、ちょいと名の知れた桃路ってえ芸者なんだ。そこいらの娘っ子みたいに扱われたンじゃ、お天道様に申し訳がたたない……ってこともないが、はい、そうですかって入れるか。そっちから出て来やがれ」

「はい。そうさせます。ですから、中に……」

「そうかい。なら遠慮なく入るよ」

と相手に頼まれた形で店に足を踏み込むと、まだ若い男前が既に二階から降りて来ていた。いわゆる優男《やさおとこ》である。

「あら……もうちっと年を食ってる奴かと思ったが、姉さん、こんな若いツバメと乳繰り合ってたんだ」

桃路はそう言いながら、差し出された茶の前に座った。

「お絹……って、元神楽坂の芸者を知ってるよねえ。何処へ行ったか知らないかい」

「芸者？」

「惚《とぼ》けなさんなよ。お絹って女だよ。あんたが孕《はら》ませたんだろう？　ついこの前、神楽坂に舞い戻って来て、産んだんだよ」

「それが？」

「知らないってのかい、お絹って女だよ」

少しだけ桃路は心配になった。お絹が言ったことだから、嘘かもしれないという不安が脳裏を過《よぎ》ったのだ。だが、意外にも清流は素直に頷いて、

「神楽坂の芸者だったかどうかは知りませんが、お絹なら知ってますよ。ただ、私の子を宿したなんて話は違います。指一本触れていませんから」

「本当に?」

「ええ。それは、もしかしたら、旗本の江本淡路守のお子ではありませんか」

思ってもいない名が出た。綸太郎から、お絹がその旗本の世話になっていたとは、ちらりと聞いていたが、そういう意味だったのかと初めて分かったのだ。

「まあ、お絹姉さんのことだ。それくらい、当たり前か……」

と独り言を言ってから、清流に向き直り、「でもね。お絹姉さんは赤ん坊を産むとすぐに、姿を晦《くら》ましたんですよ。その江本というお旗本の所へ行ったとでも言うんですか」

「さあ、私は知りません」

「でも、姉さんは、確かに、あなたの子だって言ったんですよ。旗本なら旗本と言えばいいじゃないですか」

「あの女が何を考えてるか、そんなことは私には分かりませんよ。とにかく、私には関わりありませんから」

言葉は丁寧だが、明らかに迷惑そうな顔である。しかも、お絹に対する愛情は欠片《かけら》も感じられない。桃路は女の直感を働かせたが、目の前の清流が生まれた赤ん坊の父親かどうかは判断しかねた。

もっとも、男と女のことなら多少分かる。おそらく、お絹がベタ惚れしていて、何度か抱かれはしたのであろう。もしかしたら、幾らか金を注ぎ込んだのかもしれない。しかし、清流の方は関わりを絶ちたがっている感じであった。

「できれば、生まれたばかりの赤ん坊を、引き取って貰いたいんだけど」

桃路の唐突な言い分に、清流は一瞬だけ、喉がつっかえたように戸惑って、冗談はやめろという険《けわ》しい目になった。桃路はふざけているつもりはない。

「そりゃ、江本というお旗本と関わりはあったかもしれないけれど、姉さんは、あんたとの子だと言ったんですよ。きっちり、責任を取って貰おうじゃありませんか」

「何を言うのです、乱暴な」

「そっちの方が乱暴でしょう。とにかく、赤ん坊を連れて来るから、おたくがお絹姉さんを探すなり何なりして、いいように解決して下さいな。それこそ、私には関わりないんですからねッ」

「ま、待て……」

「引き取ってくれますね」

桃路は強引に詰め寄るが、清流はあくまでも拒絶した。お絹と男女の仲であったことは認めたが、子供のことは知らぬと言うのだ。

「もう、一年以上も前に別れてるんだ。その赤ん坊が私の子であるはずがない」

と言い張った。清流は、瓦版にもよく登場する江戸町人に知られた著名人だ。いわゆる醜聞《しゅうぶん》を非常に恐れているようだった。ますます気にくわない桃路だったが、清流は知らぬ存ぜぬを通した挙《あ》げ句《く》、

「そんなにお絹の行方を知りたいのなら、江本淡路守に訊いてみるといい。つい先月まで、お絹は、この御仁のお手付き女中の一人だったのだからな」

「お手付き……」

「ああ。直《じか》に行くのが怖いのならば、私が紹介状を書いて差し上げよう。少なくとも面会くらいはしてくれよう」

と清流は言うと、すぐに茶屋の主人に、筆と硯《すずり》を持って来させた。絵師らしく達筆で何やら書き記すと、

「これで必ず会ってくれる」

そう言って文を渡すと同時、

「ああ。それから、出産見舞いだ」

と言って、清流は弟子に持って来させた切餅小判を桃路に握らせた。お絹とはもう関係ないのだから、これ以上勘繰るのはやめてくれ、という意味だ。

「お絹姉さんが、あなたの子供だと嘘をついたんです。私は何も、こんなもの貰いに来たんじゃないですから」

「だから、見舞いだ」

「いりません。これじゃ、まるで私が金目当てに来たみたいじゃありませんか。それに、お絹姉さんにこんなものを渡せば、調子に乗って、後で何を言い出すか分かったものじゃありませんよ」

と桃路は、切餅小判を押し返して、茶屋を出ようとした。

それとすれ違うようにして、目付きの悪い遊び人風の男が二人茶屋に入って来た。

そして、人相書のような紙を清流に見せて、

「清流先生ですよね……この女を知っているかね？」

と訊いた。それは、お絹にそっくりであったが、桃路からは見えない。

桃路は自分には関わりないと、その場からすぐに退散した。

四

「そうか。やはり、梶山清流は認めなかったか。ま、そんなものであろう」

綸太郎は予《あらかじ》め分かっていたような口ぶりで、桃路を慰《なぐさ》めた。

『咲花堂』の二階座敷では、生まれたての赤ん坊がすやすやと眠っている。まだ、ほわほわしていて湯気が立ってきそうだった。紅葉のような掌というが、真っ白で、〝指えくぼ〟が可愛らしく、桃路は人形のように突っついて遊んでいた。

「桃路。おまえは出えへんのか、乳は」

「ばか。出るわけないでしょうが」

「そうか。でも、こいつは眠っている間はいいが、目を覚ますと火がついたように泣きはるしな。乳を飲ませろて。よっぽどの食いしん坊なんやな」

「赤ん坊なら、誰だってそうですよ」

「おまえ、抱いてやったらどや」

「ええ？」

「男の俺よりも、やはり赤ん坊は女に限る。胸の匂いも安心するだろうしな」

「いやらしい」

「何がいやらしいもんか。赤ん坊にとっては、女の乳房は大事な大事な命の糧《かて》や」

桃路はしばらく赤ん坊を見ていたが、口元をきゅっと絞って、

「いいえ。抱きませんよ、私は」

「お絹の子やからか」

「情が移るからに決まってるじゃないさ。下手に情けをかけたら、この子のためにもよくない。ちゃんと親御さんに届けてあげるのが、親切というものでしょうが」

「ま、そりゃ、桃路の言うとおりかもしれへんな」

「だったら、さっさと行こうよ。御旗本の江本淡路守という御方のところに」

と言うなり、赤ん坊は抱かないと言いながらも、綿入れを敷き詰めた小さな籠《かご》に入れて、抱えるのであった。

「どうするつもりだ」

「もちろん。この子を受け取って貰うのよ」

「桃路……」

「でなきゃ、本当に若旦那、あなたが育てなきゃならないことになりますよ」

桃路に背中を押されるように、綸太郎も一緒に青山《あおやま》にある江本の屋敷に来たが、二人ともその屋敷を見て驚いた。淡路守と名乗っているくらいだから、かなりの大身旗本かと思ったが、わずか百五十石の小普請組《こぶしんぐみ》だという。小普請組とは無役ということだ。

「何がお旗本よ……下級も下級じゃない。可愛がられていたって言ってたけれど、それも眉唾《まゆつば》かもしれないわね」

と桃路は、お絹を嘲笑《あざわら》うように言った。もっとも、清流の話が本当なら、江本を訪ねてみる価値はある。桃路は表戸が閉まっているままの冠木門《かぶきもん》を叩いて、お絹姉さんのことでと面会を求めた。

すると、すぐさま江本が玄関まで出て来て、綸太郎と桃路に挨拶をするなり、

「こっちも、お絹について話したいことがあったのです。ささ、どうぞ」

と奥の座敷に招いた。既に老境に入っている江本は小柄ではあるが、胸板があつく、かなり剣術の鍛錬も積んだのか、剣胼胝《だこ》がごつかった。

屋敷は与力並の二百坪足らずであろう。狭いけれども、丁寧に掃除が行き届いており、枯山水《かれさんすい》を模《も》したと思われる庭の木々はよく剪定《せんてい》され、石は磨かれていた。

「この子なんです」

座敷に通されるなり、桃路はいきなり籠の赤ん坊を見せて、

「お絹姉さんが産んだんです。あなたの子じゃないかと思われます」

赤ん坊は腹を空かせていると思われ、ぐずぐずと泣き始めた。それでも、桃路は、煩《うるさ》い赤ん坊だとぞんざいに扱うので、綸太郎は思わず、強く叱《しか》ってしまう。

「桃路。幾らなんでも、おまえはそんな女だとは思わなかったぞ」

「だって、若旦那、お絹姉さんて女は……」

「産んだ母親のことはどうでもいい。この子に何の罪があるんだ」

「そりゃ……」

と困った顔になった桃路に、江本が割って入って、

「まあまあ。夫婦喧嘩はおよしなさい」

「夫婦？」

桃路が少しはにかんだように頬を火照《ほて》らせて、

「そう見えますか」

「違うのですか」

「そんな話より、御主人。この子はむずかってるので、誰ぞ、乳をくれるものはおりませんかな。このチビ、案外、大食らいでして」

と綸太郎が頼むと、江本は快く、隣家の乳母に頼んで、赤ん坊を預かってくれた。

「夫婦みたいですってよ、若旦那」

「そう見えるってことは、お似合いってことだな」

「そうですね」

桃路はなんとなく嬉しそうな顔になって、今の今までの尖《とが》った雰囲気は薄らいだ。すぐ近くで、ヤア、トウ、と剣術の鋭い気合いの声が聞こえはじめた。綸太郎と桃路が声の方を見やると、

「ご覧のとおり、貧乏旗本ですが、これでも上様のためにいつでも出陣できるように、日頃から、家中の者には嫌になるほどの稽古をさせているのです」

と江本は苦笑いをしながら言った。

「この泰平の世に何をと思っているでしょうが、これまた旗本の務めでありますれば」

意外と真面目そうだなという顔で膝を進める綸太郎に、江本はハタと我に返ったように背筋を伸ばして、

「そうそう、お絹は今、何処でどう暮らしているのでしょうか」

縁側で乳を飲んでいる赤ん坊を見ながら、「あの子が、お絹の子だというのは驚き

ですが、一体、どういうことで……」

「どういうことって、あなたの子ではないのですか」

と桃路は遠慮なく問いかけた。

江本はまた自嘲気味に笑って、庭を見回しながら、

「ご覧下さい……これは私の故郷である肥後国《ひごのくに》、矢部《やべ》の名勝・五郎《ごろう》が滝を模した庭です。はい。お察しのとおり、私は婿養子でございまして、元々は肥後藩士でした。国元には、それなりの山林や田畑があり、母方の実家は造り酒屋をしており、地元の偉い人とは親しくさせてもらってます。ですが、江戸暮らしをしてからは、とんと……」

好々爺《こうこうや》風の江本は、乳を飲み終えてゲップをする赤ん坊を見て、可愛いと思ったのか、「おいちかったですか」などと子供言葉で近づいて抱き上げた。

「そうか、これがお絹の子か……」

江本はまるで自分の孫でも眺めるように目尻を下げっ放しで、

「よちよち、そうかそうか。じいちゃんの顔が面白いか」

などと実に嬉しそうにあやしていた。まだ生まれて数日しか経っていないが、うまれつきなのか、顔が笑っているように見える。

「だがね……残念ながら、私の子ではない」

と言う江本に、桃路はお絹との馴れ初《そ》めを訊いた。江本は特に嫌がる様子もなく、にこやかに話した。

三年程前のことである。

両国橋西詰広小路にある小さな水茶屋に、知人の旗本と行った時、茶汲《く》み女をしていたお絹と初めて会った。

一目惚れした江本は、お絹のことが忘れられない。いい年をして恋に落ちた江本は、毎日のように水茶屋に通い、誠実に求愛をして深い仲になった。もう何年も前に妻に先立たれていた寂《さび》しさもあった。

いつも側に置いておきたい江本は、お絹を女中として屋敷に入れた。しかし、それは名目であった、お絹には下働きとしての仕事らしい仕事をさせなかった。他の女中に批難される危うさもあるし、人目もあったから、向島に庵《いおり》を借りてお絹を住まわせ、数日に一度は通っていたのである。

だが、お絹は気儘《きまま》な女だ。

江本に多額の金を貰いながら、今度は富《とみ》ヶ岡《おか》八幡宮近くの水茶屋で働いていた。金のためというよりも、男にちやほやされるのが好きだったからであろう。

他に男ができた様子もあったし、お絹は自分の気が向いた時にしか、江本に会わなかった。それでも、江本はお絹に逃げられるのが怖くて、自由にさせておいた。ところが、お絹は半年前に、借家の庵を勝手に出て、しかも預け金まで持って行方を晦ましていたのである。

「お絹はどこへ行ったのだろうか」

江本は心の底から心配していて、訊きたかったのは、お絹の行方だったのだ。

「どうせ、そんな女なのよ……」

桃路は、お絹がさらに疎《うと》ましくさえ思えてきた。他の芸者の客を横取りして逃げたと言ったが、それは実は桃路の馴染み客のことだった。特に色恋沙汰はなかったが、ある呉服問屋の若旦那で、桃路にはご執心だったのに、お絹に持っていかれたのである。

当時は絹奴という名で座敷に出ていて、たしかに色気もあれば、手練手管《てれんてくだ》も上手だったから、ちょっと迫られれば落ちない殿方はいなかった。結局、一緒に逃げた若旦那も元の鞘に戻ったとはいうものの、すべてを吸い取られて、店も潰《つぶ》してしまった。今は何処で何をしているか分からないが、まさに魔性の女である。

「でも、江本様。別れて半年ということは……あなたが、この赤ん坊の父親の可能性はあるんですね？」

と桃路は、江本に詰め寄った。あわよくば、赤ん坊をこのまま置いて帰ろうと思ったのである。しかし、意外にも、江本は大笑いをして、

「赤ん坊ねえ……そんなことができれば、儂《わし》から離れることなんぞなかったであろうのう。儂はもうあっちの方がダメでな、専《もっぱ》ら嘗《な》めるだけでのう、ふはは」

と屈託のない笑い顔で事も無げに言った。そんなことを言われても証明のしようがないではないか。しかし、江本の子でないことは、その態度からも間違いないようだ。

「可愛い子だからな、しかも、お絹の子となれば面倒を見てもよいのだが……儂には既に跡取りもおるし、孫もな……御家騒動のタネはご勘弁願いたい」

そう都合のよいことを言ったものの、江本はもう一度、赤ん坊をあやしながら、

「しかし、もし、お絹が見つからず、この子の父親も分からず終いならば、儂の養子にしてやってもよい。ああ、お絹の子だからな」

だが、その前に、やはり産んだ母親と父親に抱かれて育てられるのが一番であろうと、江本は言った。そして、床の間から、小さな桐箱を持って来て、

「ああ、これは、お絹に会えたときに渡そうと買っておいた柘植《つげ》の櫛《くし》でな……」

と綸太郎に差し出した。箱を開けてみると、かなり値の張るものだと分かった。

「咲花堂さんに預けておれば、安心じゃ。のう、よろしく頼みましたぞ」

心やすく受け取った綸太郎に、桃路はまた余計な荷物をひとつ背負ったと皮肉を言った。櫛一本、荷物というほどのものではない。だが、この櫛は、無償の愛とも言える江本の心根が宿っていた。

江本が父親でないのなら、赤ん坊を押しつけるわけにもいかず、桃路と綸太郎は屋敷を後にした。お絹を探しに来たのに、逆に江本から、お絹の居所が分かったら教えてくれと頼まれる始末だった。

「若旦那……どうする？」

と吐息で籠の中で眠る赤ん坊を見て、桃路は憂鬱《ゆううつ》な顔になってきた。

五

お絹の行方も分からず、赤ん坊の父親も分からないまま、綸太郎と桃路は途方に暮れた。

だが、江本から、お絹が働いていたという富ヶ岡八幡宮の水茶屋を教わった二人は、気を取り直して、訪ねてみることにした。そこからは、最初に訪ねた梶山清流の所とも目と鼻の先だ。

「やはり、二人には深い何かがあったのかもしれへんしな」

と綸太郎は言うものの、神楽坂に戻って待っている方がいいのではと思った。二人が留守をしている間に戻って来るかもしれないからだ。もちろん、峰吉には適切に対処するように言い含めてはいるものの、あまりあてにはならない。

「どうだ。やはり、神楽坂に戻らぬか」

「私は……この子に情が移る前に、親に返したい。それだけよ」

と桃路は言う。綸太郎は、桃路の気持ちは理解したが、

「こんな生まれたての小さいのを連れ歩くのは、躰《からだ》にようないで……それに、万が一、お絹さんが戻って来なくても、赤ん坊はこっちで育ててやらんとあかんやろ」

「じゃ若旦那、ひとりで育てればどう？　私は、あんな姉さんの尻拭いは絶対いや！」

と桃路は声を荒らげた。

「やっぱり、それが本音か」

綸太郎はやるせない思いがした。お絹が悪いのは当然だが、あまりにも頑《かたく》なな桃路

のほうにも問題があると感じた。赤の他人の子だ。しかも、自分を裏切ったお絹の子だから、気持ちは分からないでもないが、

——赤ん坊のことを考えてやれよ。

と綸太郎は思うのであった。

そんな二人に、付かず離れず尾《つ》いて来る人影があった。梶山清流の仕事場に、お絹の人相書を持って来ていた男二人である。

そうとは知らず、桃路と綸太郎は、富ヶ岡八幡宮の方へ向かっていた。

深川七悪所と呼ばれる界隈がある。いわゆる岡場所だが、お絹が働いていた『葉《は》桜《ざくら》』という水茶屋は、そんな一角にあった。水茶屋の中には、ちょんの間稼ぎをさせるような店もあったが、お絹が働いていた所も、どうやらその手の水茶屋だった。

桃路と綸太郎が訪ねた頃は、日暮れ近くになっていた。通りの辻灯籠《つじどうろう》には明かりがともって町は活気づき、ぶらぶらと男客が歩いており、路地のあちこちからは女の嬌《きょう》声《せい》が洩れ聞こえていた。

『葉桜』の暖簾を割って入ったとき、調子よく出迎えた番頭は、男と女の二人連れなので、おやという顔になって、

「おたくらみたいなのは、向こうの出合茶屋がよろしいでしょう」

と拒《こば》むように言ったが、赤ん坊を連れているのを見て、不思議そうな顔になった。まだ三十前と思われる番頭は、綸太郎のあまりにも威風堂々《いふうどうどう》とした姿に圧倒されたように、少し卑屈な態度になって、

「旦那。これはまた、どういうことでございましょうか」

「実は、この赤ん坊の母親を探してるのや」

「赤ん坊……」

「まだ世の中に出て来たばかりだというのに、こんな小汚い所に連れて来られて哀れな子やなあ……ま、連れて来たのはこっちやが」

「何の話でしょうか。そろそろ、うちも書き入れ時ですので」

「お絹のことを尋ねたいのや」

「お絹……？」

「しばらく、この店で働いてたはずや。元神楽坂の芸者だった女でな」

「ああ。お絹さんのことで……だったら、先にそう言ってくれればよかったのに、兄さんたら、勿体《もったい》つけてまあ」

「別に勿体つけたわけやない。もう三軒目なのでな。またぞろ、嫌な思いをしとうなかったんでな」

「あら。うちがそんな店に見えますか？　いやらしい人ねえ」

番頭は歳助《さいすけ》と名乗ったが、水商売独特の〝オカマっぽい〟喋《しゃべ》り方が鼻につく。丁寧な言い草で、人に同情めいて話すが、どこか空々しかった。

「お絹ちゃんが産んだやや子ねえ……でも、私は何にも知らなかったわ、腹に赤ん坊がいたなんて」

「知らないことないでしょ」

と桃路はずいと出て来て、見下すような目になると、「ここに来る途中に、小耳に挟んだんだけれど、あんた、番頭の身でありながら、ちょこちょこ店の娘たちをつまみ食いしてたんだって？　もしかして……」

歳助は、桃路に赤ん坊の父親扱いをされて、少々、不機嫌になった。

「よして下さいな、姐さん。私はお絹ちゃんには、指一本触れてないんですからね。本当よ、だって私はこんな商いをしているけれど、陰間茶屋の方が好きなんですもの」

陰間茶屋とは男同士で何する所である。

「両刀使いは幾らでもいるからね。ほら、よく見てよ。この鼻なんか、なんとなく、あんたに似てるわ」

と桃路も強引に言い寄ると、歳助はきっぱりと断言した。

「冗談はよして。私は、お絹ちゃんとは何もありません。なんなら、私のいい人に会わせましょうか？　牛込《うしごめ》の町道場で師範をしている中嶋《なかじま》様よ」

やはりお絹とは、男と女の関係にはなかったらしい。後で確認するつもりだが、歳助には男の恋人がいるようだ。

「大体ねえ……お絹ちゃんは、男出入りが激しくて、そのことで店まで揉《も》め事を持ち込んで来てたから、やめて貰ったのよ。ほんと始末が悪いんだから。帳場のお金もくすねてたしね……もっとも、それはちゃんとした証がないから、主人も不問に付したけれど。ええ。一度、私が注意したら、『私が一番稼いでるのよ。あんたは誰のお陰で、おまんまが食べられてるの』って居直るンだからね。始末が悪いったらありゃしない」

お絹は、同伴客が多く、店の売上にはかなりの貢献をしていた。だが、そのやりくちは、同じ店の茶屋娘を陥《おとしい》れてまでやる汚い手口だった。

「水茶屋の女というより、あれじゃまるで、岡場所の女だわよ」

売春婦扱いである。

「店の品位を下げられて困りましたよ」

綸太郎は、この『葉桜』もその手の店だろうと言いかけたが、喧嘩を売るだけだからやめておいた。しかし、お絹の悪口をあれこれ聞かされて、桃路は「さもありなん」と納得することばかりであった。

「それにしても……なんのために、そんなに金、金って稼いでたんですかねえ」

歳助は疑問に思っていたと言う。お絹が稼いだ額は相当なものだ。だが、そんなに贅沢品を買い漁《あさ》ったり、美食にうつつをぬかしたりしていた風ではなかった。

「生活は実に質素でしたよ」

と向島の庵を見た時の感想を、歳助は言う。別の水茶屋にも勤めていたらしいが、その折も贅沢とは縁のない暮らしぶりだったという。

「他に、何か変わった様子はありまへんでしたか？」

綸太郎が訊くと、歳助は、思い出したように語る。

半月程前のことである。

酔ったお絹が、店の近くにある長屋に戻った歳助を訪ねて来たことがある。酔っ払っていて、散々、自分を辞めさせた事に対する恨みごとを言った挙げ句、

「悪い夢、見たみたいね……」

と一言だけぽつり洩らして、項垂《うなだ》れて帰って行ったという。余程辛い事があった様

子だったらしい。

「何処にいくか、言ってなかったんですか」

と桃路は訊く。歳助はそれは知らないが、

「自分は死んだ方がいいんだ。だから、葬儀屋に行くんだ」

などと分からないことを言っていたという。

「葬儀屋……そういえば……」

また歳助が何かを思い出したようだった。

「お絹ちゃん、芝神明《しばしんめい》にある葬儀屋の主人と付き合ってたんですよ」

葬儀屋というものは、ずっと後世になって商売になったもので、江戸時代にあっては町内の祝儀不祝儀は、〃共済組合〃みたいな町講があって、積み金などで僧侶を雇ったり人足を雇ったりしながら、自分たちで行っていた。

しかし、大身の武家や富豪の葬儀となれば、対外上、いい加減なことはできず、葬儀を専門に扱う問屋がいた。中でも、『涅槃堂《ねはんどう》』という葬儀屋は、そんじょそこらとは違って、幕閣や大名家を仕切る〃大物〃であった。

「へえ。そんなものまであるんかいな。ま、近頃は引っ越し屋もあるくらいやから、どんな商いがあっても、珍しくもないか。もっとも、京には昔からあったけどな」

綸太郎と桃路は、赤ん坊を連れたまま、その葬儀屋を訪れた。途中、町中の赤ん坊を連れている女に乳を貰ったり、茶店の奥を借りて、おしめを替えたりと大変な騒ぎであったが、江戸の庶民は実に親切である。赤ん坊は親が育てるのではなく、町内で育てるという感覚があっただけに、誰の子であれ、自分の子のように面倒を見てくれたのである。

葬儀屋は、細川越中守《ほそかわえっちゅうのかみ》の屋敷の近くにあった。忠臣蔵《ちゅうしんぐら》の大石内蔵助《おおいしくらのすけ》を預かった屋敷として知られている所だ。周辺には、源昌寺《げんしょう》、長松寺《ちょうしょう》、済海寺《さいかい》などの寺も多く、宗派に応じた葬儀を営んでいたようだった。

主人は、宗兵衛《そうべえ》といって、自宅は店とは違う所にあったが、綸太郎たちが訪ねたときには、折良く、店で仕事をしていた。ただ、大きな葬儀が入っていて、忙しそうにしていたが、桃路はいつものごり押しで、お絹のことで話があると、面会に漕ぎ着けた。

お絹は、江本淡路守に庵を与えて貰っておりながら、この葬儀屋の主人にも、別の長屋を借りて貰っており、そこで、所謂《いわゆる》、水茶屋の真似事をしていた。おそらく中には、肌を重ねた者もいるであろう。

「――生まれながらの淫乱なんですよ。若旦那……私が毛嫌いしてる気持ち、ちょっとは分かってくれた？」

と桃路は唇を噛《か》みながら言った。

綸太郎と桃路は、宗兵衛から直に、お絹の裏話を聞いた。宗兵衛は綸太郎たちが想像していたように、陰気な感じはなく、上品な正絹の羽織を身につけた少壮の商人という感じだった。

桃路と綸太郎が訪ねた時、宗兵衛は店で、来客と仕事の話の最中で、お絹という言葉を聞いただけで、嫌悪を表す顔になって追い返そうとした。宗兵衛は小声だが、切々と訴えた。

「もう勘弁して下さい……示談の金なら、たんまり払ったじゃないですか」

桃路と綸太郎には、何のことだか分からなかったが、宗兵衛は、籠の中の赤ん坊をちらりと横目で見てから、

「まさか、これも、私の子供だといって、脅す気じゃないだろうね」

と脅えたような目付きで言った。

実は、一年くらい前のことだ。お絹が一歳くらいの赤ん坊を連れて来て、

「あんたの子供だから、養育する金をよこしな」

と要求したという。宗兵衛は知らぬ存ぜぬを通した。すると、別の日に、やくざ者みたいな男を二人連れて来て、葬儀屋を潰して家庭もずたずたにしてやる、と脅迫した。宗兵衛は、渋々、百両で手を打ったという。

「百両で済んだんだ。手切金にしては、安くついただろ」

とお絹は悪態をついて去ったらしい。

後で調べたら、その赤ん坊は、どこかのならず者の女が産んだ子で、お絹はそれを利用して、宗兵衛から金を強請《ゆす》り取っただけだったのだ。宗兵衛は町奉行所にお畏《おそ》れながらと訴え出ることも考えたが、報復を恐れて、泣き寝入りをするしかなかった。

とはいえ、本当のところは、百両くらいで、お絹と離れられて喜んでいたのだ。

「全く、恐ろしい女ですよ、あいつは……」

宗兵衛と二人だけの時には、

「あんたのその嫌らしい目が好き。その目で見られるだけで、私は体中から力が抜けてしまう……」

そうお絹は散々甘えるくせに、人前では何も関わりのない赤の他人の顔をする。それなのに、子供の養育の金が欲しいなどと平気な顔で脅してくるのだ。断れば、長屋で売春まがいのことをやってたのは、すべて宗兵衛にやらされてたと嘘をつき通してやると詰め寄ってくる。

「こっちに弱みがあるわけじゃありませんが、うちは信頼一筋の商売ですからね……」

万が一、赤ん坊が自分の子だとしても、自分には関係ないという態度が、宗兵衛には滲《にじ》み出ている。そんな態度に、桃路はどことなく嫌悪感を抱いていた。そう思うと、まだ名前もついていない赤ん坊が、とても可哀そうになってきたのである。

桃路は俄《にわか》に泣き出して、なかなか治まらない赤ん坊に、しかたなく乳首をくわえさせてやる。乳は出ないが、眠たかった赤ん坊にとっては、ひとときの安らぎだったのであろう。そして、桃路が幼い頃に聞かされた、うろ覚えの子守歌を歌っているうちに、すやすや眠りはじめた。その赤ん坊に、まるで母親のように優しい声をかけるのだった。

「大丈夫、大丈夫……あんたのお母さん、必ず見つけてあげるからな」

そんな桃路の姿を見て、

「ほんとの母親みたいだよ……」

と綸太郎は囁《ささや》くのであった。

それを、しんみりと見ていた宗兵衛は、

「はっきりとは言えませんが、お絹の居場所を知りたいのなら、汐留《しおどめ》が浜の船宿、大《だい》五郎丸《ごろうまる》に行けば、分かるかもしれませんよ」

と言った。宗兵衛の家からは、幾らでも釣りができるのだが、烏賊《いか》釣りに出かけるときは大五郎丸を利用するのが常だった。

そもそもお絹は、大五郎丸の主人が、拾った女だったという。

「どういうことですか？」

桃路は怪訝に問い返すと、宗兵衛は小さく頷いたものの、

「詳しくは当人に訊いてみるといいです。とにかく、お絹の親代わりみたいなものだと、お絹自身が、大五郎丸の主人のことをそう言ってましたからね」

「親代わり……」

綸太郎も桃路も、お絹という女が益々、不思議で謎めいた存在に思えてきた。一体、何を考えて、男から男へ移っていたのか。ただ暮らすために利用していたとも思えない。寂しさを紛らわすためとも考えられない。だが、その不可解さが、

——女の性《さが》かもしれへんな。

と綸太郎は思っていた。

汐留に向かおうと、高輪《たかなわ》の大木戸の方へ歩き出すと、ぶらりと背の高い若い男が

近づいて来た。そして、

「おや、可愛い赤ん坊だねえ」

と言って、ちょっと抱かせて欲しいと籠ごと手にした途端、若い男はそのままダッと駆け出した。物凄い速さで駆け出したので、一瞬、呆気《あっけ》にとられた綸太郎は、思わず追いかけたが、男は路地をあちこち駆け抜けて逃げた。

綸太郎が懸命に追いかけたが、この辺りの地の利があるのであろうか、姿が一瞬にして見えなくなった。それでも必死に探し回った綸太郎が、再び、その若い男の姿を見つけたのは、掘割の船着き場につけていた小舟に飛び乗ったときだった。

「待て！　待ちなはれ！」

だが、若い男はズンと足で桟橋《さんばし》を蹴って漕ぎ出し、あっという間に離岸した。

ところが、目つきの悪い遊び人風の二人連れもまた、若い男を追っているようだった。物凄い勢いで桟橋まで駆け寄ると、他の舟に乗っていた船頭から櫓《ろ》を奪うように乗り込んだ。

「な、なんや……!?」

綸太郎は狼狽《ろうばい》して見ていたが、桃路は追いかける二人組を見てアッと驚いた。

「あの二人……」

「知ってるのか？」

「たしか、梶山清流の仕事場に行ったときにすれ違った人たちだ。タチの悪そうな奴らだから、顔だけは覚えてる」

「赤ん坊を連れて逃げた若い方は」

「分からない……」

舟の中で泣いているのであろう、赤ん坊の泣き声が響いていた。まるで、助けを求めているような声だ。

若い男が漕ぐ舟は、どんどん遠ざかって行く。

綸太郎は、桃路に神楽坂に帰っていろと言い捨てて、掘割沿いの道を突っ走ると、漕ぎ出したばかりの二人組の小舟に、ひらりと飛び乗った。

ぎょっと振り返った遊び人風二人に、綸太郎は素早く〝阿蘇の螢丸〟を抜き払って、

「どういうことだッ。訳を聞かせて貰おうか」

と険しい声で迫った。途端、二人組は身構えたが、

「それどころじゃない。追うぞ！」

と櫓を持っていた男は漕ぎ続け、年を食ってる方の男は、懐の中から、十手を取り

出して見せた。

「……？」

「御用の筋だ。丁度よい。『咲花堂』の上条綸太郎さんよ、あんたにもチト話を聞かせて貰いましょうかね」

目つきの悪い二人は、岡っ引だったのである。そして、赤ん坊を奪って逃走した若い男の舟を物凄い勢いで追いかけはじめた。

ぽつんと取り残された桃路は、それを不安な気持ちで見送っていた。

六

小舟の上で、岡っ引二人は呼び子を吹いたり、爆竹を鳴らしたりして、自身番や木戸番に異変が起きたことを報せていた。そして、北町奉行所定町廻り同心の内海弦三郎から御用札を預かっていると、綸太郎に告げた。

「内海の旦那の……」

今までも色々と事件に関わってきて、綸太郎は内海から、なぜか目の敵《かたき》のように睨《にら》まれることもあったが、大概は御用の役に立ってきたはずだ。なのに、またぞろ厄介なことに巻き込まれたのかと思ったが、今度は生まれたばかりの赤ん坊が関わっているだけに、なんとしても善処したかった。

岡っ引は、助六《すけろく》と勘八郎《かんぱちろう》と名乗った。なんだか役者みたいな名だが、二人とも十手を持っていなければ、ただの遊び人だった。もっとも、岡っ引とはそんな手合いがなるものである。清廉潔白《せいれんけっぱく》な態度では、海千山千の悪い奴らをしょっ引くことなんぞできない。

「あの若い男に見覚えはあるかい」

と助六に訊かれたが、綸太郎にはまったく見覚えがなかった。目の前で起こったことも、何がなんだか、さっぱり分からない状態である。

綸太郎は赤ん坊を攫《さら》われたことに、怒りを感じていた。そして、その赤ん坊を奪った男を、なぜ岡っ引が尾行していたのか、という事情も呑み込めなかった。

「なんで、あの赤ん坊が攫われなきゃならんのや⁉」

綸太郎は岡っ引を責めるように訊いた。

「驚かないでくれ……」

勘八郎に漕ぐのを任せて、助六はおもむろに嗄《しわが》れ声で話し出した。

「実は……おまえたちが探してるお絹は、二日前、内藤新宿の木賃宿で、刺し殺されて見つかったんだ」

「何やて⁉」

綸太郎は愕然となる。驚きよりも、苛立ちに似た感覚が、腹の底から湧き上がってきて、思わず助六に突っかかった。

「どういうことや、それは！　桃路の話やと、あんたらは俺たちを尾《つ》けてたようやが、だったら、なんでその話をせえへんのや」

「そりゃ……あんたらも関わってるかもしれん。そう疑ってたからだ」

「何をバカな」

綸太郎は言い訳をする気にもなれなかった。

もっとも、もう助六たちは綸太郎と桃路は殺しの一件とは関わりないと思っていたから、それ以上、話が揉めることはなかった。だが、未《いま》だに下手人は見つかっていないとのことだ。

死体が見つかった当初は、身許すら分かっていなかった。残っていた物を頼りに、殺された女が誰かと洗っていたところ、絵師の梶山清流の仕事場で、桃路を見かけた。その時には、お絹の身内同然の者だとは分からなかった。まさか、綸太郎と桃路が、お絹の産んだ子供を、父親らしき男のところへ連れ廻っていたとは、岡っ引たちは思ってもみなかったのだ。

ところが、江本淡路守や水茶屋『葉桜』を訪ねた時にも、赤ん坊を連れた綸太郎と桃路を見かけた。いつも一歩先に来ているのを、岡っ引たちは不思議に思った。江本や歳助に聞き込んで初めて、綸太郎と桃路が、お絹が産み捨てた赤ん坊を連れて、姉の行き先を探していると知ったのだ。

「二人は赤ん坊を連れている。しばらく、様子を見てみようと思ったんだ」

と助六は言うと、不審を抱いた綸太郎は改めて訊いた。

「どうして……？」

助六は一瞬口ごもったが、綸太郎が険しい目で問いかけるので、仕方がなく話した。

殺された木賃宿には――。

『赤ん坊まで殺される！』

という文を、お絹が書き遺していたからだ。その字は、最期の力を振り絞って、虫の息の下で書いたものと思われた。

お絹の検死をした結果、ごく最近、出産した痕跡があったので、怨恨による犯行ではないかと町奉行所は断定した。ゆえに、

——赤ん坊の父親が怪しい。

と、岡っ引二人は、綸太郎と桃路を尾行し、赤ん坊を狙《ねら》ってくる父親を捕縛するつもりだったのである。

「酷い……それじゃ、まるで赤ん坊は囮《おとり》やないか。そんなこと許されまっか」

綸太郎は怒りを露《あら》わにして、文句を言った。岡っ引は赤ん坊を含めて、綸太郎と桃路を護るために張っていたと言うが、その結果はどうだ。みすみす犯人と思われる若い男に赤ん坊は奪われたではないか。

「これで赤ん坊まで殺されたりしたら、あんたら、責任をどうやって取るのや」

綸太郎は、自分の子供を失ったように、岡っ引たちに罵声を浴びせるのであった。それは、油断をして籠ごと赤ん坊を奪われた己《おのれ》への怒りでもあった。

しかし、岡っ引たちの追尾も虚しく、赤ん坊を連れ去った若い男の小舟を、みすみす取り逃がしてしまったのだ。

後の探索はお上に任せて、綸太郎は神楽坂に戻ったが、桃路は『咲花堂』にも置屋にも帰って来ていなかった。

桃路を置き去りにした芝の海辺まで急いで戻ったが、桃路の姿はすでにない。

「ひょっとしたら、あそこに行ってるのかもしれへんな……」

綸太郎は、葬儀屋の宗兵衛が話していた汐留の船宿・大五郎丸に向かった。

走り回って、あちこち訪ねると、汐留橋の下に隠れるような格好で大五郎丸はあった。潮風に晒《さら》された軒看板が、文字が読めないくらいに霞《かす》んでいて、古い歴史を物語っていた。

桃路はたしかにここまで来ていた。雇われ人が餌《えさ》などを整えながら、

「先程、大将と二人きりで沖に出たよ」

と淡々と言った。

「どうして、二人っきりで？」

疑念を抱いた綸太郎だが、雇われ人は首を傾《かし》げて、

「さあねえ……大将は、あっしらには余計なことは何も言わねえから」

「余計なこと？」

「だから、俺も余計なことは言わねえ」

純朴そうなその男は黙りこくってしまった。ならば、帰るまで待たせて貰うと、綸太郎は船小屋のような所で、番茶を啜《すす》りながら座っていた。

小さな船宿を見回していると、帳場の所に、『お絹と大五郎』の二人の名の入った絵馬のような板があって、帳簿の裏にぶらさがっていた。

「絵馬……」

手にとって見ると、川崎大師のもので、二人して幸せになれるようにとの文言《もんごん》がある。だが、絵馬は寺社に飾って来るものであろう。帳場にあるのは奇異な感じがしたが、願いが叶った後は、感謝の言葉の絵馬を置いて、願掛けのものは持って帰る習わしもある。

その下の文箱の中に、剝《む》き出しのままの文が数通あった。綸太郎が手に取って見ると、差出人は、お絹になっていた。

綸太郎はいけないこととは思いつつ、文を開いてみた。

やはり、お絹が大五郎にあてた礼状であった。それに加えて、文面から、大五郎のお絹への求婚を、丁寧に断っている様子が窺《うかが》えた。

どうやら、大五郎とお絹は、一年ほど一緒に暮らしたようだった。しかし、お絹は自分のことを、

「あなたにはふさわしくない女」

だと決めつけて、家出同然に逃げ出したようだった。それでも、大五郎は、お絹への思慕を抱き続けていたようだ。

「まさか……それで、大五郎が、お絹を探し出し、嫉妬で殺した……?」

綸太郎は想像をかきたてられた。訪ねて来た桃路と二人だけで、沖に向かったということは、もしかして、

「実は大五郎が犯人で、真相を知った桃路まで殺す気ではないのか⁉」

と綸太郎はそう想像すると、居ても立ってもいられなくなった。

「おい。他に舟はないか。ああ、沖に出られる舟や！」

綸太郎は雇い人に声をかけたが、どうしてよいか分からないというふうに首を傾げるだけであった。

七

その頃――。

汐留の沖、江戸湾の海上、乗り合い船の大五郎丸の上では、桃路が大五郎の話をじっくりと聞いていた。今日は釣り客が一人もいなかったけれど、雇っている者にも聞かれたくないと漕ぎ出して来たのである。

大きなうねりがあったが、緩やかなもので、船酔いをするほどではなかった。

大五郎の話とは、お絹との出会いについてだった。

それは、数年前の冬のある日に遡《さかのぼ》る。

ふらりと大五郎の船宿に来たお絹は、夜釣りの船に乗せてくれと、大五郎に頼んだ。

客は二人ほどしかいなかった。

だが、お絹が釣りをしに来たとは思えない。大五郎は一旦は断った。だが、金はきちんと払うと言うし、沖の海から、陸《おか》の灯りを見たいなどと情緒的なことを言うものだから、大五郎もついつい乗せてしまった。

ところが、沖に出て、しばらくすると、船の舳《へさき》にいたお絹は、いきなり、暗い海に飛び込んだ。冷たい冬の海である。一瞬にして死んでしまうこともある。

「なにをするンだ、ばかやろう！」

驚いた大五郎は櫓を漕ぐのを止め、舳から懸命に蠟燭《ろうそく》を照らした。

「おおい！　どこや、おおい！」

お絹は白い服を着ていたため、幸い暗い海でも落ちた位置はすぐに分かった。

「ばかな真似しくさって。何を考えてるんだば、このバカたれがッ」

大五郎は考えるよりも先に、着物を脱ぐなり、救命具を持って、とっさに海に飛び込んだ。ただただ、お絹を助けたいがために、一心不乱に泳いだ。この日は、海も少し荒れ気味で、さらに凍るように冷たい。しばらく水の中にいると、意識を失って死んでしまうであろう。

「おおい。手を摑めッ。こら、早う摑まんか！」

死にものぐるいである。釣り船客二人の協力を得て、大五郎はなんとか、お絹を助けることができたのだった。

大五郎は急いで陸に漕ぎ帰り、状態の悪いお絹を背負って、町医者まで運び込んだ。

水をあまり飲んでいないのが幸いだった。素早く救い上げたから、心の臓に負担がかからなくて済んだ。しかし、飛び込むところを、もし大五郎が見ていなかったら、誰にも気づかれず、潮に流されて沖合まで行き、溺れ死んでしまったに違いない。おそらく亡骸《なきがら》も見つからなかったであろう。

その後、お絹は順調に回復し、大五郎の船宿に住み込みで働くようになった。事実上は、お絹が恩人の大五郎の所へ、押し掛け女房みたいな形でもぐり込んだのだ。釣り客や船宿仲間たちは、大五郎が若い美人を拾ったと大騒ぎだった。独り者だった大五郎は、お絹のような美人を、内縁とはいえ妻にして、自慢だった。

「よく気がついて、優しくて、本当にいい女だったなあ……」

と大五郎は、海を見ながら回顧した。

「いい女……?」

桃路は意外な目になって、大五郎を見やった。

「ああ。実にいい女だった。人柄がいい。明るくて世話好きで……あんな女がなぜ海に飛び込んで死のうとしたのか、不思議でしょうがなかった」

「そうですか……」

人から、お絹のことを『いい人間』だ、などと聞いたのは初めてだった。大五郎の話では、

——お絹は、男のために随分苦労して貢《みつ》いでいた。

ということだった。詳しいことは語らなかった。ただ、そんな暮らしに疲れ果てて、縁もゆかりもない汐留から江戸湾に出て、飛び込んだという。

しかし、お絹は月日が経つと、やはり今まで貢いできた男のことが気になるらしく、時々、大五郎に黙ったまま、ふらりと出かけては、二、三日、帰って来ないのであった。

「男と女のことは、よく分からねえ」

と大五郎が言うとおり、ある日、突然、お絹は命まで助けてくれた大五郎のもとを

去り、その男の所へ向かった。死のうとまで思った、その原因の男のところへ、お絹は逃げるように去ったのだ。

「その男とは、今でも繋《つな》がりがあると、つい先日、文が届いたよ。だから、すっきりきれいに自分を忘れてくれとな」

桃路は大五郎に同情しながらも訊いた。

「お絹姉さんが貢いでいた……その男とは、一体、誰なんです？」

「聞いて、どうするんだ。お絹はその男と切れる気は微塵《みじん》もない。もし、また自害するようなことがあっても……俺はどうすることもできん」

まだ殺されたとは知らない桃路は、お絹の行方知りたさに大五郎に縋《すが》るように話した。

「赤ん坊のためなんです。きっと、その人との間の子だと思う。ねえ、教えて」

「そこまで言うなら……」

と大五郎は自分が話したとは言わないでくれと念を押してから、ぽつり話した。

「そいつは、どこぞの御用絵師の、梶山清流という若い男だ」

「ええ!?」

桃路は驚きを隠しきれなかった。

「俺は、絵のことなんぞ知りもしねえが、大層な偉い絵師らしいな。お絹は、その男がまだ芽の出ねえうちから、辛《つれ》えことも我慢して、色々と面倒を見てきたらしい」

「……」

「いくら美しい絵を描いても、心の中が醜《みにく》い人間はダメだと思うがな……そんな奴の絵を有り難がる大名や金持ちも、ろくな奴らじゃねえってことかな」

「あの人……！」

桃路は、お絹とはとうに切れていると、きっぱりと答える清流の顔を思い出していた。

お絹は、画を学ばせるために清流を京にまで行かせてやり、狩野派の絵師について、様々な修業をさせてやった。

そういう当代一流の絵師につくには、才覚だけではなく、束脩《そくしゅう》という多額の金も必要なのだ。もちろん、身分や家柄も関わるから、お絹は金に物を言わせたり、己の体を張って、武家の出を装わせたりして、人の目には見えない後ろ盾になっていた。

旗本の江本の囲われ者の身になっていたのも、ただただ清流のためだったのである。

葬儀屋の宗兵衛から金を巻き上げたのも、清流を思ってのことだった。

意匠の勉学をさせたり、仕事場を借りてやったり、清流のためなら骨身を削り、脅しまがいのこともした。

大五郎は、この女のどこにそんな底力があるのだろうと不思議に思うくらい、いたいけなかったと言う。

「――そうですか……」

桃路は、お絹のことを男を騙して生きて来ただけの女かと思っていた。清流ひとりのために、お絹は、自分で嫌な女を演じていたのだろうか、それともそれが、この女の性なのだろうか……と桃路は考えさせられた。

桃路は、江戸湾から見える汐留の浜や遠く霞んでいる富士山をぼんやり眺めていた。

「もしかして、姉さんは……」

桃路の心の奥から、俄《にわか》に得も言われぬ不安が込み上がってきたとき、

「おおい！　桃路！　無事か！」

と舟を漕いで、綸太郎が近づいて来ていた。波飛沫《しぶき》を受けて、必死に慣れぬ櫓を握っている綸太郎を見て、桃路は思わず、

「どうしたの⁉　赤ん坊はどうなったの！」

「なんやて⁉」

波のうねりと風の音のために、声がはっきり聞こえない。だが、綸太郎は懸命に、桃路が無事であることを確かめるように、何度も何度も声をかけていた。

それを見た大五郎は、にこりと微笑んで、

「桃路さん。あんたにも、いい旦那がいたんだね」

「え？」

「どうやら、俺は誤解されたようだ」

「は？」

「とにかく、大事にした方がよさそうだぞ、あの若旦那を」

海の男の大五郎の耳には、綸太郎の叫び声がよく届いていたようである。

「さあ、戻ろう。赤ん坊のためにもな」

と大五郎は、ぐいと力強く櫓を引き寄せた。

八

深川不動堂の参道にある茶屋『かげろう』は、夜の帳《とばり》が降りる前から、表戸を閉めていたが、二階は行灯が灯っていた。

様々な色の顔料や絵を描く紙、絹布などが所狭しと散らかっていた。その中で、一人、ぽつ然《ねん》と絵筆を持っている清流は、無心の顔で画材に向かっていた。静寂の中では、がさがさと筆の動く音しかしない。その音が、平面の絵の中に命を吹き込んでいるようだった。

ゆらりと行灯の明かりが揺れた。障子窓の隙間から、秋風がさわさわと吹き込んで来たようだった。

清流は筆を置いて、もう少しだけ障子窓を開いて外を見た。

「今日も、月の雨か……」

と天を見上げたが、月は随分と欠けており、明かりもぼんやりとしていて、闇に近かった。参道を照らす石灯籠が、霧雨に煙っており、時折、風で揺れる柳が妙に不気味に擦れていた。

冷たい大気を思い切り吸い込んでから、障子戸を閉めようとしたとき、

「先生……先生……」

と声が参道から聞こえた。清流が声のする方に目を向けると、柳の陰から、ぼんやりと人影が出て来るのが見えた。弟子の芳三《よしぞう》だった。

「なんだ、おまえか……なんだ、そんな所に幽霊みたいに突っ立って」

「あの……どうしましょうか、この子を」

芳三は窓の方を見上げたまま、柳の下に置いてある、籠に入った赤ん坊を見せた。暗がりの中だから、清流の目からは、はっきり確認ができなかったが、お絹が産んだ子だということは、すぐに分かった。

「ば、ばかやろう……なんだって、こんな所にッ」

清流の顔色が俄《にわか》に変わった。一瞬、芳三が黙りこくったために、霧雨でも随分と大きな音に感じられた。

「こんな所に連れて来るな。どこか、海にでも川にでも、棄てて来んかッ」

と清流は思わず怒鳴った。声を発してから、まずいと気づいたのであろう。勝手口を開けるから、中に入れと指示した。すぐさま、階下に降りた清流は、裏手の木戸を開けて、芳三を招き入れた。

だが、芳三は赤ん坊の入った籠を、木戸の内側の土間にそっと置くと、

「後は、よしなに……私はこれで」

「どういうつもりだ、芳三。きちんと始末して来んか」

「何をおっしゃいます、先生。私は、そこまで約束した覚えはありません。人殺しまですつもりはありませんから」

「なんだと？」

「でも、若いながら、その才覚。私は心底、尊敬しております。今般のことは誰にも喋りません、絶対に。ですから、この赤ん坊を煮るなり、焼くなりするのは、先生の手で、お好きになさって下さい」

「今更、何をぬかすッ。手付けの五十両はもう渡してるのだぞ」

「はい。私はこれで十分でございます。口止め料として戴いておきます」

「貴様……」

清流の歯ぎしりが聞こえるようだった。

「先生に毎日、言われていたように、私には絵の才覚がないのでしょう。ですから、諦めることにしました。この金を元手に、小さな煮売り屋でも始めたいと思います。ええ、先生の目の届かない、相州《そうしゅう》のどこか小さな町にでも行って、密かに暮らします。決して、先生のご出世の邪魔なんぞ致しません」

「待て、芳三……おまえは、そうやって、俺を脅しているのか？」

「めっそうもない。私はただ……ただ、この赤ん坊を……すやすや眠っている赤ん坊を殺すのに忍びないだけでございます」

芳三がもう一度、赤ん坊に目を落とすのを、清流は苦々しく睨みつけて、

「人の心を棄てよ。さもなくば、一流の絵師にはなれぬ。いにしえより、甘っちょろい人の心を持っていた絵師にロクな者はおらぬ。絵は己の心の奥の邪悪なものを吐き出すことなのだ。たとえ美しい絵を描こうとも、そこには凡人には分からぬ毒がなければならぬ。世間に対する怒りがなければならぬ。分からぬのか」

「分かりたくもありません」

と芳三ははっきりと言って、赤ん坊の籠を抱えると、土間から板間に移した。

「どうか……先生。この子は、お絹さんのような目には遭わせないで下さいませ。あなたが、内藤新宿に呼び出して殺したように……そんな目にだけは……」

それだけ言うと芳三は背中を向けて、霧雨の中へ出て行こうとした。

その前に、黒い影がふたつ立った。いや、みっつあった。

岡っ引の助六と勘八郎。それに、内海弦三郎だった。

「芳三とやら。赤ん坊を攫ったのは、どうやら、おまえのようだな」

驚愕して逃げようとした芳三だが、助六と勘八郎に挟まれて、覚悟を決めた。その場で、縄を打たれたが、内海はその背中を叩きながら、

「お白州でも、今の話を正直にすりゃ、死罪ってことはねえ。よくぞ、赤ん坊を殺さずに留まったと逆に褒められるだろうぜ」

「……」

「おう。梶山清流先生よ。もう観念するんだな。今更、四の五の言っても逃れられまい。内藤新宿でもきちんと裏を取って来たぞ。おまえが木賃宿に来ていたとな」

清流はそれでも素知らぬ顔をしていた。

「何の話ですかね……」

「白《しら》を切るなら言ってやろう。お絹は、この子を産み落としてから、おまえの所に駆けつけた。それは、おまえが、『赤ん坊なんぞ、いらねえ。それを始末して来たら、また一緒になってやってもいい』と言ったからだ……そうして、しばらく湯治《とうじ》でも行こうと内藤新宿まで誘い出して、刺し殺した」

「……」

「赤ん坊は放っておけばいいものを、自分のタネだとなると、いつ自分に災いが降りかかってくるかもしれねえ。そう杞憂したおまえは、赤ん坊まで始末しようとした。父親探しをしていた『咲花堂』の上条綸太郎と芸者の桃路を疎《うと》ましく思ってな。違うかい」

「知らないねえ」

「惚けたって無駄だ。今し方、この芳三の前で散々、話していたじゃねえか」

「……」

「それに、『咲花堂』たちの話によると、大五郎丸の主人も、色々と話したそうだぜ……おまえにはもう言い訳をすることもできないんだよ。お絹が己の身を削ってまで、おまえに尽くしてきたこと、それも知らぬ存ぜぬと言い通すのかい？」

内海にそう責められても、清流は何の話だ、知らぬと言い通していた。業を煮やした内海は、瀟々《しょうしょう》と降る雨の中に清流を引きずり出して、縄できつく縛り上げた。

後ろ手で身動きできなくなって恐ろしさが込み上げてきたのであろうか。

「お絹は……ただの便利な女だっただけだ。お腹のガキの父親だと認めろと迫って来るしよ……ガキが生きてるとオチオチ仕事もできんのでな。女やガキなんぞ、絵師にとっては、ただの足枷《あしかせ》なんだよ」

と清流はうそぶいた。

「その足枷が、本当におまえに枷を掛けたことになるな。ま、あの世に行って、大変世話になったと、お絹に謝るんだな」

引きずられるように連れ去られる清流の姿を、近くの御堂の屋根の下から、綸太郎と桃路が見ていた。

そして、内海から、赤ん坊を受け取ると、

「旦那も人が悪い。もうそろそろ、俺たちを信用してくれてもよさそうやがな」

「内藤新宿の一件があったからな、後手に回ってしまった。済まぬ」

と素直に謝られたので、かえって面食らった綸太郎は、

「ま、よろしい。赤ん坊が無事だっただけでも、よしとしまひょ」

「この赤ん坊、どうするんだ？　おまえたちが二人の子として育てるのか」

「場合によってはそれもよいと、桃路と話していたのですが」

「いやか」

「そうではなくて、この子が欲しいと申し出て来た人がおるんです」

「ほう。誰だ、それは」

「お絹を大事にしていた、旗本がおるんですわ。男の子だし、忘れ形見として育てる。それが老後の楽しみだと言いましてな」

江本のことである。人手に渡るとなると、桃路は何となく寂しくなった。綸太郎も同じ気持ちである。

「やはり、桃路の言うとおりや。この手に抱くと、情が移ってしもうた」

その子がどう育つか、二人はきちんと見届けるつもりである。

瀟々と雨が降る。まるで、お絹の涙のようだったが、翌朝、江戸は晴れ渡り、馬肥

ゆる秋空が広がっていた。

第三話　夫婦人形

一

近頃、神楽坂は武家地の払い下げが多くなり、新しい大店《おおだな》や茶店などが建ち並び、それまでの路地裏の情緒がしだいに消えつつあった。それにつれて、物売りの声や子供が遊ぶ声も少なくなった気がする。上条綸太郎が京から江戸に来て、わずか二年足らずの間に、町並みが変わったのは、建て替えばかりではなく、余所《よそ》者が多くなったせいかもしれぬ。

——もっとも、俺も余所者だがな。

と『神楽坂咲花堂』の白木の格子戸の表に水を撒《ま》いて、盛り塩をしてから、綸太郎はまっすぐ外堀に伸びる坂道を眺めた。

その坂道から、螢坂《ほたるざか》の方へ斜めに下ったところに、大宝《おおたから》家の屋敷はあった。この屋敷は十数年前にあった大地震の後に建てられた、仕舞屋《しもたや》風の屋敷である。

ここが、伝統と格式を重んじる人形師、大宝駒之助《こまのすけ》の住まいと工房を兼ねた所だ。

人形師とは、人形浄瑠璃《じょうるり》の人形の頭《かしら》を作る職人のことで、江戸に人形浄瑠璃が伝わった寛永《かんえい》年間（一六二四〜一六四四）から続いている格式ある職人の家である。

浄瑠璃の人形師には仏師から鞍替《くらが》えした者も多く、まさに仏に魂を吹き込むがごとく、その人形の一体一体には、作り手の思いが込められていた。

綸太郎も十郎兵衛頭《じゅうろべえ》、重次郎頭《じゅうじろう》、徳右衛門頭《とくえもん》、与次郎頭《よじろう》、鏡八頭《きょうはち》、娘頭《むすめ》、八重垣《やえがき》姫頭《ひめ》など何十体もの駒之助の人形を手にして見たことがあるが、浄瑠璃に使うものというよりは、鑑賞用に相応《ふさわ》しい、まさしく芸術品であった。

十郎兵衛頭とか鏡八頭というのは、いわば〝役者〟の名であって、それらの人形が浄瑠璃の作品に応じて、役名を貰って演じるのである。だから、十郎兵衛頭が義経《よしつね》を演じることもあれば、久松《ひさまつ》になることもある。

綸太郎は近所のよしみで、大宝の工房を覗《のぞ》かせてもらうことがあったが、さすがに〝念入り〟という最後の工程をしているときには遠慮してしまう。さほどに緊張したものが漂っていて、近づきがたいのだ。

物を作ることのない綸太郎だが、世の中のためにはそれらを厳しく見る目も必要である。京の『咲花堂』本家で、いまだに当主であり続けている父親の雅泉《がせん》は、その確かな審美眼で、人形師や刀剣師らに信頼されているのである。

綸太郎もそこに一歩でも近づくよう修業を重ねて来たつもりだが、人形だけは鑑定しにくい面があった。博多《はかた》人形のような置物ならばよいのだが、舞台で客に見せる人形は、目の玉や舌などが動く様々な細工があるから、どうしても鑑賞の対象として見ることが難しいのである。

とはいえ、綸太郎は人形浄瑠璃が好きで、堺《さかい》町の薩摩《さつま》座などに足繁《あししげ》く通っていた。浄瑠璃といえば、阿波《あわ》が発祥で、京で磨きがかかったものだから、綸太郎も幼い頃から馴染《なじ》みが深いが、江戸浄瑠璃もまた力強くて、胸の奥に染み入ってくる快感があった。

綸太郎は、若い頃、詩歌や歌舞伎に傾倒したこともあり、浄瑠璃語りが切々と演じている声を聞くだけでも嬉しかった。父親は漢学や仏教の素養が深く、俳諧《はいかい》や川柳などをバカにしていた節もあったから、その反動からか、綸太郎は庶民的なものに惹《ひ》かれた。漢詩によくあるような、左遷された為政者の孤独な悲壮感などには同情を寄せず、もっぱら何処《どこ》にでもいる庶民の哀感を好んだのである。

大宝駒之助に初めて会ったときも、人形作りの根源はまさに、

――何者でもない人の人生が一番大切だ。

ということを語っていた。人形浄瑠璃はどんな人生でも描くものだが、人形自体は、一人の名もない〝人間〟でなくてはならない。そう言っていたのを、綸太郎は心に刻んでいた。

綸太郎も江戸に来てから、あちこちの大名や旗本から声がかかり、鑑定に勤《いそ》しむ身ではあったが、その立場にあると勘違いすることがある。つまり、自分を偉《えら》いと思うことである。そんな慢心を打ち砕いてくれるのが、大宝駒之助の人形であった。

だが、そのようなことを口に出すと、駒之助は謙虚に否定して、

「私はただただ、先祖が残してくれた技を真似て人形を作っているだけ。そして、後世に伝えるだけです。人形を生かしてくれるのは、浄瑠璃語りであり、人形遣いですからな」

と言うに留《とど》まっていた。かといって卑屈ではない。たおやかな自負とでも言おうか。人を包み込む温もりがあった。

とまれ、綸太郎は、日頃の煩《わずら》わしさから逃げ出すように、いつもの散歩道に出かけ、そのまま大宝家の屋敷まで来た。

大宝駒之助は、『大宝』宗家七代目当主である。

元禄《げんろく》の頃から、幕府や諸大名、豪商などを相手に、節句やお祝い事の人形も作るようになっていた。深川には、いわゆる置き人形を作る大きな工房と店舗もある。それは大宝の名を冠した〝商売〟であるので、浄瑠璃人形師の同業者からは、

——品位を下げる行いだ。

と批難の声もあったが、大宝家の人形だからこそ有り難いのであり、祝い事に欲しいという買い手からの要望があったのだ。由緒正しい家柄で、駒之助自身、幕府から名人のお墨付を貰っていた。

駒之助には、二人の息子がおり、それぞれが既にそれぞれの人生を歩んでいる。長男の阿由之輔《あゆのすけ》は、人形問屋の主人として、大宝の人形を売ることに専念しており、次男の庸二《ようじ》は若い頃に家を飛び出し、人形とはまったく関わりのない寺子屋の先生をしていた。

その代わり、人形作りには、一番弟子の沢吉《さわきち》がその匠《たくみ》の技を継承しており、大宝家の当主は長男が、人形についてはいずれ沢吉が継ぐことになると決まっていた。ゆえに、駒之助が外に散歩に出たり、買い物をする折も、沢吉が同行しているのが常だった。

沢吉は無口な、いかにも職人らしい男で、もう三十半ばになるが、女遊びもしなければ酒も飲まず、もちろん賭《か》け事にも目を向けずに、ひたすら人形作りに励《はげ》んでいた。そんな職人気質《かたぎ》の沢吉のことを綸太郎は気に入っていて、言葉こそあまり交わさないが、工房での仕事を見せてもらう仲になっていた。

たしかに、沢吉は浮世絵に描いたようないい男で、乙女心をくすぐるものがあって、芸者の桃路もコナをかけているのだが、座敷に出て来ることはなかった。芸術的な才覚と人間的な優しさを具《そな》えた人のようで、口数は少ないが誠意はある人間だった。師匠の駒之助も能弁ではない。

いつもなら、幾《いく》つか言葉を交わして別れるのだが、その日は違っていた。駒之助の方から、折り入って、綸太郎に相談があるというのだ。

綸太郎は、神楽坂の町名主清兵衛《せいべえ》の屋敷に連れて行かれた。そこには公事師《くじ》も呼んであり、その立会いのもと、駒之助から二万両を超える身代を、綸太郎に譲りたいと言われたのである。

「どういうことですか？」

綸太郎の疑問に、駒之助は答えた。

「実は……綸太郎さん。あなたは、京の人だから、余計に分かっていると思うのですが、近頃は神楽坂も人情が薄れてきた。ちょいとばかり、瓦版や番付表などに出たがために、余所から大勢の人が来る。いや、来るのは構わないのだが、金に物を言わせて、武家地の払い下げ地を高く買って、辺りの習わしとは違った変ちくりんな家や蔵を建てる。人形で言えば、奇形ばかりを作るようなものです」

「――はあ」

「で、綸太郎さんは、この情緒ある神楽坂を今までのような美しい町にするために、この町名主さんらと一緒になって、色々と尽力して下さってる」

「いいえ。私は、何も大袈裟《げさ》なことはしてまへん。近所の十人ほどの方々と一緒に、玄関前を掃除して回ったり、溝《どぶ》や神社や寺の境内《けいだい》に落ちてる塵《ちり》を拾ってるくらいのものです。古くなった橋や建物の修繕は、知り合いの大工に頼んだりしていますが、町をどうのこうのというものでは……京では玄関先を綺麗にするのは当たり前ですからな」

「その当たり前のことを、当たり前にするのが難しいんです。近頃は、浅草や上野《うえの》、両国橋西詰だけでは飽き足らなくなったのか、江戸っ子は、色々な饅頭《まんじゅう》や菓子、佃煮《つくだに》などを味わうために、江戸中を散策してます。そんな中で、この町も気に入られたんでしょうが、どうも勘違いをしている見物客が多くて、つまりは……町を汚しに来てるだけなんです」

「たしかに……」

「近くには、風情《ふぜい》のある湯屋もあるし、温泉にでも来た気分で、ささやかな贅沢《ぜいたく》に浸《ひた》るのは結構だが、その帰りは路地裏や蛍池なんかで酒盛りのドンチャン騒ぎ。町火消しの連中が注意を促《うなが》しても、『天下の往来、どこが悪いンだ』と居直る輩《やから》も多い」

「そうどすなあ。困ったものです。人の住む町は心地よくなければいけまへん」

「だから、そんな綸太郎さんだからこそ、私の身代を、私を育ててくれたこの神楽坂のために役立てて欲しいのです」

「それなら、御公儀に寄付すれば……」

「いいえ。只《ただ》でさえかなりの冥加金《みょうがきん》を払っているのです。本当に私の志《こころざし》を継いでもらう、使い方をして欲しいのです」

と駒之助は、いつになく切羽詰まった顔を見せていた。そして、訥々《とつとつ》と綸太郎と町名主に本音を語るのだった。

「私には、二人の息子がおります……その女房子らも含めて、うちの……『大宝』の身代をあてにしている。そのために、私ともぎくしゃくしているんです。だから、暮らしに必要な金は残してやるが、それ以上のものは、この町のために使いたいんです」

駒之助は切々とそう語ったが、つまりは浄瑠璃人形作りは自分の代で終わりにして、代々続いていた大宝家をなくしたいというのである。

「そんな……でも、人形遣いの方々には、まだまだ『大宝』の人形は必要なはずどす」

「分かってますよ。だから、『大宝』の技は、沢吉に継がせる。その技さえ生きていれば、大宝家がなくなっても、人形は生き続けるんですよ」

「人形は生き続ける……」

「ですから、綸太郎さん。私は、あんたに賭けたいのです。なんとか、この町で、浄瑠璃人形を残したいのです」

人形芝居の起こりも、神事であり、神楽であった。平安の昔、人形を操って放浪していた傀儡師《くぐつし》が源流と言われており、鎌倉時代になってから、〝夷舞《えびす》わし〟として諸国を旅していたが、その一派に「道薫坊《どうくんぼう》廻し」という人形遣いがいて、漁労大漁や農耕豊穣を祈願していた。

人形も棒に頭がついただけの素朴なものだったが、人形に込められた自然からの力が幸運をもたらすと考えられていたのであろう。だが、折角の祈願もあてが外れてしまっては、暮らしに直に影響を与える。だから、「道薫坊」は言葉が変化して、役立たずの意味が〝でくのぼう〟と言われるようになった。

「いや、しかし……」

困惑する綸太郎を、駒之助は懸命に説得しようとした。しかし、綸太郎はためらった。身代が大きすぎるのもあるが、あまりにも唐突な話だったからである。だが、無

下に突き放すのも気が引ける。おそらく裏に何かあるのであろう。そう思った、綸太郎は、

「──しばらく考えさせて下さい」

と言って、その場で即断することは避けておいた。

その夜、神楽坂あたりは、しとしとと雨が降り始めて、翌日一杯続き、半月ばかり乾いていた町に潤《うるお》いが戻った。

二

そんな妙な申し出があって、数日後の朝のことである。

北町奉行所定町廻り同心の内海弦三郎が、いつものように不機嫌そうに眉間《みけん》に皺《しわ》を寄せて、『咲花堂』を訪ねて来た。後ろからは、岡っ引の半蔵も張りつくように入って来た。

「よう。若旦那……」

足を踏み入れた途端、帳場に座っていた峰吉が立ち上がって、

「刀、刀……気をつけてくなはれや」

と大きな声を上げながら、土間に降りて来た。

内海はがさつな性分なのであろう、刀の鞘が陳列している茶器や壺などに触れても気にしない。ひっくり返されでもしたら、大損であるから、峰吉は注意を促したのだ。

「もう何度言うたら、分かるんどすか。店内では刀は腰から外して手でお持ちになるか、そうやなければ、内玄関の刀掛けに置いとくなはれ」

「朝っぱらから、がちゃがちゃ言うな。こっちも少々、苛立ってるんだ」

と言いながらも内海は刀を外して、「若旦那はおるか。ちょいと訊きてえことがある」

「今日は、本阿弥家の集まりがありますさかい、朝早うから出かけてますが」

「そういや、咲花堂も本阿弥家の一族であったな。つい忘れておった。御公儀の目利所筆頭の一族だから、その権威を笠に着て、俺にも冷たいのかなあ」

「それは、ひがみ根性という奴です」

「なんだと？　まあ、いい。おまえを相手に腹を立てても腸《はらわた》が腐るだけだ」

「なんですか、それは……」

「若旦那、上条綸太郎は、人形の『大宝』と仲がよいそうやな」

「仲が……ってほどじゃありませんが、色々と学ぶとこが多いと言うてまして、時々、工房にお邪魔しとります」

「その程度の間柄じゃないだろう。身代そっくり貰おうと言うのやから」

「はあ？」

綸太郎は峰吉には話していないので、知らないことだった。内海から簡単な説明を聞いた峰吉は鼻で笑って、

「それは何かの間違いでっしゃろう。いえ、もし、本気で『大宝』の当代様が言うたとしても、若旦那は引き受けませんでしょう。だって、『咲花堂』のたった一人の跡取りでっせ」

「まあ、それはそれとしてだ……」

と内海は勿体《もったい》つけるような言い草になって、「えらいことが起きたのだ。それこそ『大宝』の跡取りが殺された」

「は？」

「向島にある人形工房で、何者かに刺し殺されたのだ。グサリと背中から突かれて、心の臓をぐいっとな」

「そ、そんな……」

峰吉が青ざめるのへ、内海はニンマリと笑って、

「心配するな。若旦那を疑って来たわけではない。もっとも、大宝駒之助が若旦那に二万両をくれてやると言ったのだから、いっそのこと息子の阿由之輔が死んでしまった方が、確実にてめえの懐《ふところ》に入るがな」

「何をバカな。言うてええことと悪いことがありますえ。さっきも言いましたが、若旦那は『咲花堂』のぼんどす。正直な話、二万両なんか、屁《へ》てなもんどっせ」

「ほう。さすがは大名並の家柄だな」

と皮肉を込めた笑みを浮かべながら、殺しの状況をつらつらと話した。

駒之助の長男、阿由之輔は、本来の浄瑠璃人形は父親と沢吉に任せて、自分は『大宝人形』を売ることに専念していた。匠の技をもって浄瑠璃人形を作ることは大切だが、それで裕福な暮らしができるかというと、そうでもなかった。だから、阿由之輔は、どこの家にでも飾ることのできる人形を、操り人形とは違う、別の職人に作らせて、大量に売ることによって富を得ていた。

向島は三囲《みめぐり》神社の近くにある工房の裏庭で、死体で見つかった阿由之輔を検分した内海は、下手人は頭を棍棒《こんぼう》で撲《なぐ》った上で、止《とど》めに柳刃庖丁か何かで刺したと判断した。その場には、凶器となった棍棒は残されていたが、庖丁などの刃物類はなかっ

た。背中から刺されていることからしても、自害はありえず、殺しと断定して探索していたのである。

「そりゃ、ほんまに大変なことでしたな。でも、どうして、わざわざうちに……」

同心自らが報せに来たのかということを、峰吉は尋ねたが、内海は曖昧《あいまい》に頷《うなず》いて、

「言ったであろう。二万両の身代の行方だ。阿由之輔がいなくなれば、そっくりそのまま若旦那に渡るというわけにもいかぬのでな。人形師も継がず、工房にも関わっていない次男坊がいるが、身代はそいつのものになる」

「そんなこと言われなくとも分かってますがな。うちの若旦那は……」

「二万両の端金《はしたがね》なんぞ歯牙《しが》にもかけてない、だろう？」

「違いますて」

「まあいい。帰って来たら一度、神楽坂下の自身番に顔を出すように伝えろ。いいな」

内海はいつものように、後ろに倒れるのではないかと思えるほど、ふんぞり返って立ち去った。峰吉は奥に入ると、塩壺を持って来て、パッと振り撒《ま》いた。

『大宝』の嫡男、阿由之輔が殺されたという事は、あっという間に神楽坂界隈《かいわい》で広ま

り、その噂は江戸の巷《ちまた》にも届いた。それほど、『大宝』の人形は世間に知られており、浄瑠璃の人形遣いや太夫《たゆう》、三味線弾きらが、次々と大宝家を訪れた。

綸太郎も峰吉から聞くまでもなく、本阿弥家の寄合の折に耳に入って来たので、店に帰ることなく、そのまま駒之助に会って、お悔やみを言おうとした。驚きのあまり、何と声をかけたらよいか分からなかったが、

――駒之助先生は、さぞ気落ちしていることだろう。

と居ても立ってもいられなくなって、綸太郎は大宝家を訪ねた。

だが、大宝家の人たちは、なぜか、綸太郎の来訪を歓迎しなかった。まるで、阿由之輔の死の原因が、綸太郎にあるとでも言いたげに、冷たい態度で追い返そうとした。殊《こと》に、亡くなった阿由之輔の妻である佐枝《さえ》は、まるで百年目に会った仇《かたき》に怨みつらみを吐きかけるように、

「咲花堂さん。あなたのせいです……うちの人が死んだのは……あなたの」

と訳の分からないことを叫んだ。

せめて線香をと願ったが、それもさせてくれない。そんな様子を見ていた駒之助は、佐枝を厳しい口調でたしなめた。が、他の親族たちもなぜか駒之助の言うことを聞こうとしない。佐枝に同情のまなざしを送っていた。

「すみませんね、綸太郎さん。佐枝は夫が殺されて動転してるだけです……ご勘弁下さい。また改めてゆっくり……」

「いいえ。私こそ、不躾《ぶしつけ》に参って申し訳ありませんでした。どうぞ、気落ちなされませんよう……」

と焼香もできず帰ろうとすると、また佐枝が声を荒らげた。

「あなたには一文も上げませんからねッ。『大宝』が持っていたのは、うちの人のお陰です。阿由之輔さんが精一杯働いて、人形を売ったからこそ、私たちの一族は安穏《あんのん》と暮らせたのです。それをあなたなんかに……」

持っていかれてたまるか、と怒鳴りたかったのであろうが、その寸前、他の親族の者が止めた。綸太郎は、『大宝』の身代なんぞ貰う気はないと言いたかったが、この場で争うと亡くなった人に申し訳ないし、世間体《せけんてい》もある。綸太郎は、いずれ誰にも分かることであると、丁寧に頭を下げて立ち去ろうとした。その背中に、佐枝は罵声を浴びせかけた。

「あなたのせいです！　あなたに、義父が身代を譲るという話を聞いて、うちの人は何がなんでも反対だと言ってた。そのことで義父との間で、毎日、激しい喧嘩をして……あんたのせいです、あんたの！」

その本音は、

――阿由之輔は、駒之助が殺したかもしれない。

ということだ。つまり、父親が息子を殺した可能性があると、佐枝は参列している人たちに、暗に言いたかったのだ。

大宝家の中は、重く沈んだ空気が漂っていた。

三

「参ったな……なんや、思わぬことで、こっちが迷惑かけられてしもうた」

綸太郎が真剣に困っていると、峰吉は侮蔑したような顔になって、

「ほら、みなはれ。妙な一家と関わるから、あかんのどす」

「妙な？」

「そやないですか。浄瑠璃の人形師は、その人形を作っといたら、ええのどす。それを金儲《もう》けに走ったりするから、あかんのどす」

「金儲けを批難するとは、おまえらしくない」

「何を言うてますのや。私は物とその値打ちの均衡が大切やと、いつもそう言うてお

の人や。私にはそう見えましたけどな」

「息子の阿由之輔さんは、『大宝』の栄《は》えある名を使うて、ぼろ儲けを企んでただけるやないですか」

「初めて聞いたわ」

「死んだ人の悪口は言うな」

「悪口やおへん。きちんとした批評どす。鑑定には、その眼が必要どっしゃろ」

峰吉は鬼の首でも取ったように、阿由之輔の商いのことにケチをつけ、それは本来の浄瑠璃人形作りとは違う邪道やと繰り返した。

しかし、人が一人死んだのだ。誰が何故やったことなのか、まだ奉行所で調べている最中であるが、駒之助が身代のことを持ち出した直後の事なので、綸太郎は訝《いぶか》らざるを得なかった。

大宝家には、二人しか兄弟がいないが、幼い頃は、仲のよい兄弟として知られていたという。だが、人形浄瑠璃の頭作りという特殊な家業の子供ということで、いずれ技を磨いて継がなくてはならぬという圧迫があったと思われる。それは綸太郎も似たような境遇だから理解できた。次男が家を飛び出したことにも同情した。

殺された長男の阿由之輔は、父親が職人として専念しているから、『大宝』の家を切り盛りしていた。だが、次男の庸二は、もう十何年以上も前に家とは縁を切る形で出て行っているのだから、家業を継ぐのは、妻の佐枝を除くと、誰もいないことになる。阿由之輔には子供がいないからだ。

だが、佐枝は女の身であるし、人形作りの技があるわけでもない。それゆえ、駒之助としては、一番弟子の沢吉に譲れるものは譲って、『大宝』の技を継承して貰いたいと考えていたのだ。


葬儀の翌日、内海と半蔵が、再び、『咲花堂』に探索に来た。

綸太郎が見た大宝家の様子を知りたいと言うのだ。奉行所でも、誰が何故殺したのか見当がつきかねているらしく、どんな小さな手掛かりでも欲しいというのだ。

実際は、事の直前にあったと思われる、駒之助と阿由之輔の喧嘩《けんか》が殺しを生んだのではないか、と内海は睨《にら》んでいるようだ。

「そんな……駒之助さんは、たしかに阿由之輔さんの商いには不満があったようやが、父親が子を殺すなんて、そんなこと考えられしまへん」

「だが、おまえさんに二万両もの身代を渡すことを決心していたということは、息子にはやらぬということだ」

「待っとくれやす。私にくれるのやない。あれは神楽坂という町をよくするために……」

「理由はどうであれ、若旦那に『大宝』の身代を譲るというのは、ただならぬ話だ。遺族の者たちも不審に思ってるしな。息子と何があったのか、詳しく話してくれぬか」

「内海の旦那は、駒之助さんを疑っているのどすか」

「ま、そういうことだ」

「あらぬ疑いをかけられて、可愛い息子を亡くした駒之助さんが気の毒や。前々から思うてたが、内海さん、あんたはどういう人間なのや。もう少し……」

「心配りをしろって言うんだろう？　若旦那の青臭い説教は探索の邪魔になるだけだ。俺たち同心稼業は嫌われてナンボだ。あんたに案じて貰うことはない」

あまりにも短絡的な疑いを抱く内海に対して、綸太郎はしだいに腹が立ってきた。だが、内海は冷静に淡々と、

「ものの弾みということもあるからな。人間は思いもよらぬことを、突発的にやるものだ。それに、親が子を殺すこたあ、近頃は別に珍しいことじゃねえしな。その逆もある。一体どうなっちまったんだろうな」

と内海は、威圧するような態度で、綸太郎に迫った。そのズボラで、人の心に土足で踏みこんで来るような内海の気質は重々承知していたが、綸太郎は嫌悪感すら感じていた。

「同心とは、同じ心と書かはりますな。もう少し、人の心と同じゅうする。つまり、情けをかけたらどないだす?」

「情けねえ……」

「私の見る限り、大宝家の人たちは、みんな仲がええし、親兄弟で殺しをするようなことはありまへん」

綸太郎は、駒之助から聞いていたこととは逆のことを伝えた。実は前々から、息子二人とは不仲であり、

「兄弟は他人の始まりというが、親子とていずれは他人になる。他人の沢吉の方が、よほど自分のことを案じてくれてる」

と話していたこともあった。だが、その話をすれば、内海はさらに家中の者に疑いを向けるであろう。少しでも疑えば、自身番に引っ張って行って、どんな拷問をかけるか分かったものではない。だから、綸太郎は火に油を注《そそ》ぐような真似はしたくなかった。せめて、喪中の間くらいは、そっとしておいてやりたかったのである。

阿由之輔を殺害した下手人は、町奉行所の必死の探索にもかかわらず、なかなか断定できなかった。

だが、内海がしつこく調べた結果、

――阿由之輔は、誰もいない工房に、何者かに誘い出されていた。

ということが、妻の佐枝の証言で分かった。つまり、咄嗟《とっさ》の犯行ではなく、予《あらかじ》め殺そうとしていたという疑いも出て来たのである。しかし、阿由之輔の商いは順調で、仕事上に問題はなかった。

ただ……妻の佐枝とはあまりうまくいってなかったようだ。

ということを、置き人形作りの職人らから聞いた内海は、さらに佐枝の身辺を調べていて、妙な男にぶつかった。

その男とは、佐枝の兄で、京橋《きょうばし》で小さな絹問屋をしていた。関八州の蚕《かいこ》の村々から生糸を仕入れて、それを絹布に仕上げて、呉服屋などに卸しているのだが、その商いが傾きかけていた。

嘉兵衛《かへえ》という佐枝の兄は、商売が苦しくなって、一度、阿由之輔に借金を申し入れたことがあるらしい。だが、阿由之輔とて、楽な商売をしているわけではないので断った。それから、不仲になったのだ。

佐枝は夫と実兄の板挟みにあっていたようだが、阿由之輔には囲《かこ》っている女がいることが分かった。おきんというその女が男の子を産んだと聞いて、佐枝は毎日のように夫を責《せ》めていた。阿由之輔が〝囲い女〟との子を、大宝家の跡取りにしたりすれば、自分が棄《す》てられるのではないかと思っていたのである。

しかし、駒之助は、息子が外に作った子を大宝家の孫と認めることはしなかった。そんな事情もあって、駒之助は阿由之輔とうまくいってなかったのである。近頃は、

「何でもかんでも、てめえの好き勝手にしやがって……」

というのが、駒之助の口癖になっていたという。

とはいえ、次男が家を飛び出しているのだから、たった一人の身近にいる息子であった。阿由之輔が死んでから、駒之助はかねてよりよくない心の臓を患って、仕事場に座ることもなく、一日中家に籠もったままで、綸太郎と散歩で会うことも少なくなった。

四

そんなある夜、綸太郎は、桃路の座敷にどうしても付き合ってくれと頼まれて、料理茶屋『松嶋屋《まつしまや》』に呼ばれた。袖振《そでふり》坂から石畳の路地にあるこの老舗は、元々は三代将軍家光《いえみつ》が矢来《やらい》の別邸に行く際に、従者たちと共に立ち寄る茶店だった。

今でも幕閣や諸藩の江戸留守居役らとの会合や、大店の旦那衆の寄合でよく使われている名店である。

綸太郎が呼ばれたのには訳があった。

松の絵に金箔《きんぱく》をあしらった襖《ふすま》を開けると、そこには数人の羽織を着た老体がおり、綸太郎を待ってましたとばかりに、丁寧な物腰で招き入れた。一瞬、自分の目を疑った綸太郎だが、逆に敷居も跨《また》がずに、廊下に控えたまま、

「これはこれは……どなたかと思うたら、野崎《のざき》のご隠居《いんきょ》さんやおまへんか」

上座に座って、つるりと禿《は》げた頭を撫でながら、

「これこれ。大仰な挨拶はええ。さ、入ってまずは一杯、おやり」

と気さくに綸太郎を招き入れたのは、上方で浄瑠璃の人形遣いとして名を馳《は》せた、

野崎豊五郎《とよごろう》である。しかも、女形《おやま》といって、女の人形を操れば当代一と言われた人だ。死ぬのは舞台だと思っていたのだが、寄る年波には勝てず、腰を激しく痛めてからは、息子にその名も譲った。

隠居してから、悠々自適に暮らしているというが、人形浄瑠璃にかける情熱は消えておらず、江戸まで訪ねて来ては、若い人形遣いに色々と培《つちか》ってきた技や呼吸、間合いなどを教えているのである。

一緒に座敷にいる老体たちは、その昔、一緒に人形舞台を務めた太夫《たゆう》や三味線弾きで、めったに会えない名人たちばかりだった。人形浄瑠璃は、〝三業一体〟といって、太夫の語り、三味線の音、そして人形の動きが重なって、ひとつのものとなる。お互いの気持ちが通じなければ、いい舞台にはならない。

人形は歌舞伎よりも古い芸術であるから、老体たちには、その自負と自信が漲《みなぎ》っていて、顔も艶々《つやつや》していた。上方では、文化《ぶんか》二年（一八〇五）に興行を始めた植村文楽軒《うえむらぶんらくけん》が出て後、人形浄瑠璃は文楽と呼ばれるようになっていた。

「ご隠居さんが、江戸に来てはったとは知りまへんでした。おっしゃってくれはったら、何処にでも参りましたのに」

と綸太郎は杯を受けながら、腰を痛めながらも遠い江戸まで来たことを労《ねぎら》った。

「まま、そう年寄り扱いをするな。古いつきあいの、あんたの親父さんとは三つばかり違うだけやで……そんなことより、綸太郎。ええ相手を見つけたやないか」

「は？」

「桃路やがな。これで、おまえさんの女道楽もここに尽きた、ということかいな」

「ご隠居……ま、洒落《しゃれ》として聞いておきましょう」

と綸太郎が言ったものだから、桃路はつんと唇を突き出してみせた。

「ほらな。可愛い顔をしとる」

上機嫌な豊五郎だが、しばし再会を楽しんでから、おもむろに切り出した。

「綸太郎は、大宝の駒之助さんとも親しくしとったようやな」

「親しいというほどではありませんが、人形作りの工房を時々、見せて貰ってました」

「身代を譲り受けるって話やないか」

「もうそんなことがお耳に……それは別の意味合いがあったようですが、私は受ける気はありまへん。それに……」

「それに？」

「こんなことがあったからには、私も、お上になんとのう眼をつけられてましてな。

そやから、きっちり下手人を見つけたいんどす。駒之助さんのためにも」

「そやな。儂《わし》もちょいと線香だけ上げて来たが、えらい憔悴《しょうすい》してなはった。もっとも……近頃の駒之助さんの頭《かしら》も、元気がなくなってるけどな」

豊五郎が駒之助の人形にケチをつけたような気がして、綸太郎は意外だった。浄瑠璃の人形は、三人で操る。主遣い、左遣い、足遣いである。これは、享保《きょうほう》年間（一七一六〜一七三六）に、『蘆屋道満大内鑑《あしやどうまんおおうちかがみ》』という芝居を演じる際に、吉田文三郎《よしだぶんざぶろう》が編み出したものだ。

足十年、左十年で、やっと主遣いになれるという。厳しく長い修業を経て主遣いになっても、左や足が悪ければ、人を感動させる動きにはならない。その動きの大本は人形である。この人形の拵《こしら》えが悪ければ、どんな名手でも、人を惹きつける動きをつけるのは難しい。

名人と呼ばれた駒之助ですら、人形に対する心が薄れたのか、それとも体の塩梅《あんばい》でも悪いのか。近頃の作品は、豊五郎の満足できるものではなかったという。

「──そうなのですか？」

綸太郎の人形を見る目はあくまでも鑑賞眼である。遣い手のことは分かるはずもない。しかし、工房で見せている駒之助の真剣な武士のような眼差しは、いつ見ても鬼気迫るようなものがある。

「そうや。綸太郎の言うとおりや。そこが、あかんのや」

「は？」

「人形は言わば、まっしろな役者や。役のついていない役者なんや。にもかかわらず、出来上がったものが、もうなんや強い魂が入っとる。儂ら人形遣いが操る前に、命が入ってるさかい、逆に芝居ができへんのや。泣くことができへんのや」

綸太郎は黙って聞いていたが、到底、理解はできない。それは精神という一本の繊《せん》細《さい》な線上で、人間の心の機《き》微《び》を表す人形遣いや浄瑠璃語り、三味線弾きにしか分からぬ事なのだろうなと綸太郎は察するのが精一杯だった。

「ですが、ご隠居。私は何度も、人形を一から作るところを見せていただいたけれど、それはそれは気の遠くなるような、作業でございますよ。茶碗や硝子《がらす》のように火を使うわけやなし、顔料や金箔で色をつけるわけでもない。ただただ、丸太の桐《きり》や檜《ひのき》から、顔を彫り出した上で、首と芯串を繋《つな》いだりするカラクリみたいな巧みな技もあります。私らには到底、真似ができまへん」

「そりゃ、儂かて作れまっかいな。そやけどな……この手が分かるのや」

「手が……」

「ああ。迷うてはるな、てな」

「迷うて……」

「そやから、必要以上に、魂が人形の中に入ってしまうのやな」

綸太郎は人形遣いの繊細さを、豊五郎から突きつけられた気がしたが、別の意味合いも感じていた。

「ということは、もしや……ご隠居は、駒之助さんの作った人形から、何か分かるとでもおっしゃるのですか。人形から下手人が分かる、とでも」

「まさか……」

と豊五郎は笑って、「そんなことが分かったら、儂は一端《いっぱし》の同心か岡っ引になれるやないか。けどな、たしかに、その人形に何か隠されてるかもしれへんな」

「人形に……」

綸太郎はぼんやりと考えていたが、いずれにせよ、駒之助が息子に手をかけたとは絶対に考えられなかった。

「そりゃ、儂も同じ思いや」

と豊五郎はしみじみと言った。

「人形を作る人間は、どんなことがあっても人は殺さへん。それだけは安心しなはれ、綸太郎。でもな、これは、もしかしたらやけどな……おまえさんに二万両もの身代を譲ると言うた話。それは、もしかしたら、今度の一件を予め、読んでいて……おまえさんに解いて貰いたい。そう思うていたのかもしれへんで」

「私が……」

「ああ。こっちへ来たついで、本阿弥家の者たちとも会うてみたが、おまえさんは、この江戸に来てから、随分と色々な事件に関わっているそうやないか」

「へえ。それは私の望んだことではありまへんが」

「そうやって、知らず知らずに『咲花堂』の血を受け継いでるのかもしれへんな」

「ええ？」

「分からんのか？『咲花堂』の真贋《しんがん》を見る目は刀剣目利きだけやない。いにしえには、将軍の側に仕えていて、事件の謎解き役でもあったんやで」

「……！」

「まあ、そう生まれついたのやさかい、あんた一人ではどないにもならん。これもまた天命や思うて、あんじょうきばってみることやな」

豊五郎の意味ありげな言葉に、綸太郎は初めて戸惑いを見せた。豊五郎の言い草では、まるで『咲花堂』に、同心とは違う方法で探索をする役目があったかのようでは

ないか。綸太郎は俄《にわか》には信じなかったが、たしかにあれこれと不思議な事件に関わって来たゆえ、

――そうかもしれへん……。

という、得も言われぬ不安に駆られた。その不安はいつまでも拭《ぬぐ》うことができず、綸太郎の肌に張りついていた。

その日は、夜が更けるまで、杯を交わした。

その帰り道、柔らかな夜風で火照《ほて》った頬《ほお》を冷ましていると、袖振坂から螢坂に曲がったところで、目の前の坂道をすうっと駆け抜けるような人影を見た。はっきりとは聞こえないが、何か言い争っているような声がした。

綸太郎が不審に思って歩みを速めると、辻灯籠《つじどうろう》の明かりに浮かんだのは、佐枝だった。

「あれは……阿由之輔さんの奥さん……」

そう思って目を凝《こ》らすと、灯籠に浮かぶ柳の下で、縺《もつ》れ合うように重なったのは、どこかの大店の若主人風の男だった。二人は言い争っていたのではなく、お互いを激しく求め合っているようだった。「好き」とか「もう我慢できない」とか「このまま

連れて行って」とか、佐枝の方が強く誘っているように、綸太郎の目には見えた。

——どういうことや……。

見て見ぬふりをできぬ雰囲気だった。さりとて、このまま佐枝を詰問することもできまい。しばらく様子を見ていると、

「今日のところは、お帰り下さい。後日、必ずまた……いいですね」

夫が亡くなったばかりだというのに、娘のように着飾った佐枝が、若い男と密会をしているなどとは、信じられなかった。しかも、大宝家からは、わずか二町ばかりしか離れていないのだ。どういうつもりなのだと、綸太郎は腹立たしささえ覚えた。

「夫の不貞の批難をしておきながら、自分はこのようなふしだらなことを……」

佐枝の嫌な面を垣間《かいま》見た気がして、抱き締め合う二人を剝《は》がしたくなる衝動が起こったが、この目撃によって、さらに深く綸太郎が事件に引き込まれることになろうとは、その時は思ってもみなかった。

五

「ほう。大宝家の長男の嫁が、な……」

内海は、綸太郎が見た密会のことは、とうに知っているとでも言いたげな目を向けた。佐枝に間夫《まぶ》がいることも既に摑《つか》んでいたようであるが、まだ誰だかは知らないらしい。

「亭主が亡くなってすぐに、しかも、実家の近くで、男と会っていたとは、大胆不敵やないか……その若い男の顔は見たのか」

「はっきりとは……」

「ならば、なぜ若い男だと分かった」

「ちらりと辻灯籠でね。雰囲気もそんな感じやった。丁寧な言葉を使うてたし」

密会の様子を綸太郎は素直に話しただけだが、内海は何か確信を得たように何度も頷いていた。

その日のうちに、佐枝は、阿由之輔殺しの嫌疑をかけられて、内海によって神楽坂下の自身番に呼び出された。大宝家の親族からは、

「これで、大宝の人形もおしまいだ。跡取りはいないし、ふしだらな嫁という噂が世間に流れてしまったからな」

という恨《うら》み言が聞こえていた。

内海は、土間に座らせた佐枝に、厳しい口調で問い質《ただ》した。

「正直に答えろよ。おまえは亭主がある身でありながら、男がいるな」

「……」

「調べはついてるんだ。自分から話した方が、亡き亭主への供養《くよう》にもなると思うぞ。どうだ？　亭主に恥じることはしていないか」

黙ったままの佐枝に、内海は気短な様子でビシッと木刀で板間の床を叩き、

「恐ろしい女だな。本当は、前々から夫婦の仲が冷めてたんだろう？　あんたは、阿由之輔を殺した上で、大宝家に居座る。そのうち心の臓の病か何かで死ぬであろう駒之助の身代を、ひとり占めにしようとしたのではないか……もし、病で倒れなかったら、そのときはまた殺すつもり。違うか」

「冗談じゃありませんよ。どうして、私がそんなこと言われなきゃ……」

佐枝は怒りを隠しきれないようだった。

「なぜ、そんなふうに思うのです。私は何もしていません。証でもあるのですか」

「証？　ふむ……それは、おまえが一番知ってるだろう。男だよ」

「……」

「隠してもだめだと言ったであろう。お上を嘗《な》めるなよ。こっちは、きちんと調べているんだ。言ってやろうか……そいつは、なんと、おまえよりも十も年が下だ。しか

も、五年もつきあっているらしいじゃねえか」

図星だったのか、佐枝の表情は次第に暗くなっていった。怯《おび》えたように肩を震わせながら、内海を睨み上げた。

「おまえの相手は、上野広小路《ひろこうじ》で『大福屋《だいふくや》』という両替商をしているらしいな。一応、お上からも鑑札《かんさつ》を貰っていて、一時は、結構な羽振りだったらしいじゃねえか」

「……」

「だが、お武家に貸した金が焦げついて、おまけに預かった金を賭《か》け事に注ぎ込んでしまい、大変なことになっているということは承知してるんだよ」

「そんなことまで……」

「だから、おまえはどうしても金が欲しかったんだろう？　違うか」

「……」

「惚《ほ》れた男の店は、潰したくないものな」

「いけませんか……」

と佐枝は蓮《はす》っ葉な女のような態度になって、「うちの主人にも女がいたんですよ。しかも、子供までいる。私にいちゃ、いけませんか」

「不義密通だよ。三日晒《さら》された上で、獄門だ。おまえも相手もな」

内海は険しい口調で言い捨てて、「おまえが亭主を殺していようがいまいが、不義密通の罪で、亭主の後を追って極楽……いや、おまえは地獄だから、会わなくて済むか」

「……」

「『大宝』の店のことは、阿由之輔がすべて握っていた。だから、おまえは、自由に金を扱いたかったんだろう？」

「だからって、なぜ私が殺さなきゃいけないのですか。これはきっと誰かの罠《わな》です。私を大宝家から追い出すためのね！」

佐枝が目の色を変えて怒り出すと、内海はさらに強い口調で、

「いい加減にしろぃッ。おまえが、若い男と会っているのは、『咲花堂』の上条綸太郎も見てるんだ。第一、おまえはたった今、不義密通を認めたじゃねえかッ」

「……ふん。上条綸太郎がなんです。余計なことを言いやがって……あんな奴の言うことなんざ信頼できますかねえ、旦那。義父を騙して莫大な身代を奪おうとしている恐ろしい人なんですからねえ。あいつ……私に何の恨みがあるの!?」

佐枝はやけっぱちになったように、一気呵成《いっきかせい》に綸太郎の悪口を言った。

「番頭の治兵衛《じへえ》を調べてみるといいわ。相当懐に入れてるから。そうだわ……主人が

死んだ夜だって、そのことで激しい喧嘩してたんだから」

と佐枝は思い出したように喚《わめ》いて、阿由之輔が残している帳簿を証として出すと言った。番頭の不正がはっきりするからと説明するのだが、内海から見れば、己の不義密通がばれたから、死なば諸共と、自暴自棄になっているとしか感じられなかった。

「とにかく、あんたにはしばらく奉行所の牢で寝泊まりして貰うよ。不義密通のことよりも、あんたの亭主のことがハッキリするまではな」

内海は佐枝を牢に入れる一方で、『大宝』の置き人形に関わる帳簿を調べさせた。するると、たしかに不明瞭な点があった。番頭の治兵衛が阿由之輔の目を盗んで、店の金をネコババすることは朝飯前だった。そのことで、佐枝の言うように、阿由之輔と喧嘩をすることはしょっちゅうあったようだが、事件のあった夜は、知人と上野広小路の水茶屋で遊んでいたから、阿由之輔を殺すことはできなかったはずだ。

とはいえ、きちんと裏を取ってからでないと、下手人ではないと断言はできない。

しかし、疑いを向けられた治兵衛は狸《たぬき》のような顔を向けて、

「私を疑うくらいなら、庸二さんを調べてみればどうですか」

「庸二……」

「大旦那様の次男坊ですよ。家を飛び出して、寺子屋の先生なんぞをしているが、

色々と金が入り用で、そのことで阿由之輔さんとは何か揉《も》めていた節もありますからね」

「本当か？　こっちが調べた限りでは、庸二に怪しいことは何ひとつないが」

「そこが庸二さんの賢いところなんですよ」

治兵衛は、阿由之輔が『大宝』の名を使って、置き人形の商いを始めた当初から雇われている番頭だから、もう四十の坂を越えた。庸二が家を出たのは、駒之助と折り合いが悪く、人形作りをするつもりもないからということだが、本音では、

——兄貴の商いは、どうせすぐ潰れる。

と思っており、自分に面倒がふりかかるのを避けるためのものだった。ところが、思いの外《ほか》商いが好調で、儲かるようになったので、金の無心に来るようになっていたのである。

「寺子屋を自分で営むつもりで、あちこちで借金をしていたらしいのでね」

と治兵衛は内部の事情をよく知っているというふうに、半ば自慢げに話してから、

「私じゃありませんよ……庸二さんの方がよっぽど怪しいじゃないですか。阿由之輔さんが死ねば、身代は自分のものになるかもしれないしね。もっとも、私は、誰が何と言おうと、佐枝さんが怪しいと思いますがね」

「ほう。どうして、そう思う」

「どうしてって……私は一番身近な所で、この夫婦を見てましたからね。憎み合っていましたよ。ええ、こういう者同士が一緒になると、不幸でしかありませんよ」

「不幸、な……」

探索行き詰まりの予感に、内海は苦虫を嚙み潰すのであった。

六

その翌日、綸太郎は、駒之助に『大宝』の屋敷に招かれた。

そこには、次男の庸二と番頭の治兵衛も呼びつけられていた。駒之助はあくまでも、生きている間に、綸太郎に身代のほとんどを与えるつもりであることを、改めて宣言するのだった。

「待って下さい、駒之助さん。俺はあなたの身代をいただくつもりなど毛頭……」

と言いかけるのへ、駒之助は初めてと言っていいくらい険しく、人形でいえば酒呑《しゅてん》童子《どうじ》のような顔で遮《さえぎ》った。

「あなた一人のために差し出すとは言っていないはずです。いいですか、私を育ててくれた神楽坂のためです。ですから、町名主や公事師にも同席して貰ったのです」

「しかし……」

「まあ、お聞き下さい、老い先短い儂の話を。しかも、息子までがあんな目に遭わされて、私は生きていく張り合いもなくなりましたからね……『大宝』は消えても、その名はなくなっても、神髄が少しでもこの町に残れば、私は嬉しい……」

感涙しながら言う駒之助を、白けた目で見ていたのは、庸二だった。

訳が分からず呼び出されたとはいえ、兄が亡くなったことを承知していた庸二は、ならば自分が身代を受け継ぐべきだと考えていた。正直、己の寺子屋も火の車だからである。いや、それだけではない、随分と前に家を飛び出したものの、妻子を抱えて人には言えぬ苦労をしていたから、喉《のど》から手が出るほど金が欲しかった。

「お父《と》っつあん。あなたの思いは分からないでもない。でも、身代はお父っつあん一人のものではなく、営々と『大宝』を築き上げてきたご先祖様たちのものでもあるのですよ。それを、お父っつあん一人の感傷のために、ポンと人様に投げ出していいものでしょうか」

「出て行ったおまえに、そんなことを言う資格はあるまい」

「でも、私の娘は……いま八歳になりますが、お祖父様が希代《きたい》の人形師だと知って、憧れを抱いております。いずれは自分もやってみたいと」

「女のする仕事ではない」

「だったら、なぜ呼んだのですか」

「後の争いを絶つためだ」

「私たちがそのようなことをするとでも？」

「今までがそうだったではないか。それに、儂が……生きてる本人がどう身代を使おうと、それは勝手だ。人形師であった儂なら、ご先祖も許してくれよう……儂には分かっている……もう争いごとは御免だ」

駒之助は、阿由之輔を殺したのは、佐枝と庸二たちがよってたかってしたことだと思っていた。だから、争いになるような余計な身代は処分したいのだ。

「金とは、まこと恐ろしいものじゃぞ……綸太郎さんや。分かって欲しい。分かって欲しいのです。儂は前にも言ったように、庸二たちに一文もやらないとは考えてない。それなりのものは残す。だが、生き方すらも変えてしまうようなものは残さんと言っているだけなんですからな」

何があったのか、項垂《うなだ》れて、さめざめと泣く駒之助を見ていて、綸太郎は承諾するのであった。

「但《ただ》し、私一人では駄目です。町入用として、町名主さんに差配していただこうではありませんか。そして、その使い道は、町の肝煎《きもい》りや町火消しの頭、株仲間や大店の寄合の人たちで合議して決める。そうすれば、必ずこの神楽坂の役に立てるはずです」

「よくぞ、言うてくれた綸太郎さん」

と駒之助は、庸二をはじめ親族たちに向き直って、「ここに大宝一族の連署で、私の誓いの証にして貰いたい。よいな」

庸二は不満な顔をしたが、自分はどれくらい貰えるのかと尋ねたところ、当面の暮らしを支えて有り余る金額だったから、渋々ではあるが署名をした。唯一の跡取りといえる庸二が〝放棄〟を認めたのだから、他の縁者も承知するしかなかった。

綸太郎は真剣に駒之助の意向をくみとって、世のため人のために役立てると約束をした。

そんな寄合の様子を、工房に続く屋根付きの渡り廊下から、じっと見ている者がいた。あまりにも強い視線だったので、ふと振り向いた綸太郎の目に映ったのは、沢吉だった。

人形師としての跡継ぎになるはずだが、この工房はどうなるのかと心配しているのであろうか。その目は、一族に争いがなくなる安堵は消えたとしても、己の先行きには不安だと言いたげだった。

その集まりの帰り、綸太郎は工房の作業場に立ち寄ってみた。そこには、いくつもの首や胴、手などがバラバラに置かれてあったので、さながら玩具作りのようにも見えた。

人形の頭には百種類以上あって、角目頭《かどめ》、年寄頭《としより》、別師頭《べっし》、家老頭《かろう》、丸目頭《まるめ》など、様々な役柄や性格に応じた頭がある。その中に、人形を操るための鯨《くじら》バネやチョイの糸などを、小ザルという指で操る細工に繋ぐのだが、沢吉はその繊細な作業をしていた。

「えらいことになりましたな、沢吉さん」

無口な沢吉は、綸太郎をちらりと見ると小さく頷いてから、珍しく口を開いた。

「もう、うちはダメなんでしょうか……私が職人として不甲斐ないから、師匠はあんなことをするのでしょうか」

「あんなこと？」

「店を畳むようなことをです」

「いや。人形のことは、おまえさんに任せると考えてるようやで」

沢吉はほんの僅か光を得たように微笑したが、淡々と作業を続けながら、なぜか弱音を吐くのだった。

「私はもう、人形職人として、お仕舞いかもしれない……その点、綸太郎さんはいい。刀剣目利きという、類《たぐ》い希《まれ》な仕事に恵まれている」

たしかに刀剣目利きは、日本古来よりの〝専門職〟で、西洋や中国にもない職業であった。刀剣作りの職人はいるが、それを鑑定するというところが、ものに精神を吹き込む日本人らしい奥ゆかしさであろう。

「本当に綸太郎さんが羨ましい」

「なんや皮肉に聞こえるなあ。俺は何も物を作ることがでけへん身やさかいな」

沢吉と綸太郎は、いつになく、人形浄瑠璃についての話が弾んだ。黙々と目先の仕事をこなしていた沢吉とは違う、義太夫や三味線についても造詣が深いことを、改めて知った綸太郎だった。

大宝駒之助が、隅田川に浮かんだのは、その身代始末の寄合から、十日後のことだった。まだ、阿由之輔が殺されて、間もないことなので、親族のみならず、世間も奇異の目を向けた。

七

駒之助は、隅田川と小名木川《おなぎ》の合流するあたりで、水死体で発見されたのだった。幾《いく》つもの舟留めの杭《くい》があるのだが、それに帯が引っかかって沈んでいた。

この辺りは、神楽坂から向島に行くときに通る道筋でもない。なんとなく、事件の匂いを感じていた綸太郎だが、立て続けに殺しが起こったことに、不気味さを通り越して、己の身の怖《こわ》さを感じていた。豊五郎が『松嶋屋』で語っていた、

――上条家は事件の謎解き役。

という言葉が蘇《よみがえ》って来たからである。

内海は、半蔵たちを引き連れて、早速、探索をはじめていたが、

「長男の阿由之輔殺しとこの事件……同じ下手人かどうかはまだ断定はできぬが、深い関わりがあるのは違いあるまい」

と判断をして、詳細に調べ始めた。

ただ、今般の事件については、佐枝は手を下していないことになる。奉行所から牢屋敷に移されたままだったからである。しかし、阿由之輔殺しについての疑惑が晴れた訳ではないので、引き続き捕らえられていた。

その後、小石川《こいしかわ》養生所医師などの検死の結果、駒之助の首には、紐《ひも》による絞殺の痕《あと》があり、殺しだと改めて断定された。扼殺《やくさつ》の後、川に捨てられたということだ。

駒之助が投げ捨てられた所は特定できていないが、発見された清澄《きよすみ》あたりよりは、上流であろうと思われた。死体は緩やかに下流に流れるからである。

だが、探索を続けていた半蔵は、庸二が新大橋あたりを、何度も行き来していたということを聞き込んだ。

そのことを受けて、内海は、庸二に疑いの目を向けた。身代を削られた怨みもあろう。しかも、当主が死んだとなれば、幾ら遺言や念書を交わしたとはいえ、正統な後継者は庸二だけになるから、あらためて『大宝』の身代については仕切り直すことができる。ゆえに、内海も猛烈に取り調べたのだ。

だが、庸二は新大橋は日頃から、よく散歩するところなので、

「だからなんだ。私が父親を殺して橋から突き落としたとでも言うのか」

る証は何もない。

と居直るだけだった。たしかに、駒之助の首を絞めて殺したということを決定づけ

「どう思う……若旦那……あんたも当事者なんだから、しっかり考えてくれよ」

内海は『咲花堂』まで訪ねて来て、嫌味な目を向ける。なんだかんだと言って、綸太郎をあてにしているのだ。しかし、

「おまえさんが殺したとは言わぬが、駒之助が死んだために、その身代についちゃ、おまえさん方神楽坂の面々と、庸二との争いになることは目に見えている。事実、早速、庸二は身代は渡さぬと言って来ているのであろう?」

「そのとおりです」

「駒之助の真意がどうであれ、御定法では、庸二が『大宝』の当主になれば、身代を譲る話はなくなるだろうな……だからこそ、俺は庸二が怪しいと睨んでいるのだがな。兄が死に、父が死に……我が天下ではないか」

「そうどすなあ……」

綸太郎は釈然としないまま、駒之助が死体で見つかったという隅田川まで来ていた。小名木川との出合で見つかったということだが、あの病がちな体で、神楽坂からわざわざ散歩に来るには遠過ぎる。

そう思った綸太郎は、散策がてら、川面を見ていると、突然、風が吹いて、襟巻《えりまき》がふわりと飛んで行った。

「あっ。こりゃ、まずい」

と慌《あわ》てて綸太郎は土手に走り、取りに行こうとしたが、さらに風に煽《あお》られて、川の中ほどまでひらひら飛んで落ちた。

「桃路が作ってくれたものやのに……こりゃ、後で大目玉を食らうなあ……まいった」

綸太郎は口の中でぶつぶつ言いながら、空しく川面を流れる襟巻を見ていたが、

「……あっ!?」

とその目が凍りついた。そして、綸太郎は辺りに出ている白魚漁の舟を見て、凝然となった。しばらく、見ていて、

「そうか……そうかッ」

腕を叩きながら、神楽坂下の自身番まで戻ろうとしたが立ち止まり、水面の襟巻を振り返って見やった。

半刻後、自身番で待っていた綸太郎のところに、内海がどんよりした顔で入ってき

た。その訳を訊くと、小伝馬《こでんま》町の牢屋敷に入れていた佐枝が、町奉行の差配で解き放たれたからだという。

夫を殺したという新たな証は出て来ず、嫁としての利があるとも思えず、さらに今般、当主が殺されたことには関わっていないことは明白。二つの事件は同じ下手人で、他にいると判断されたがためだ。

「その話と関わりあるはずやが、まあ、聞いとくなはれ」

と綸太郎はびしょびしょに濡れた襟巻を見せた。

「なんだ、これは」

「桃路から貰うたもんです。内緒でっせ、川に落としたのは……白魚漁の漁師が拾うてくれはって、この手に戻ったんどす」

「だから、なんなんだ」

「この襟巻や。その漁師の舟を見ていて、気づいたんどすけどね。隅田川は、逆流……水が遡上しますのやね、満潮時には」

「……うむ」

「つまり、釣り船はどんどん川上に流されていく。ですから、駒之助の死体も、見つかったところより、下から落とされたことも考えられるのと違いますか？」

「なるほど……だから、下流の永代《えいたい》橋の方にも探索を広げろと言うのか」

「そうどす」

「こっちもぬかりはない。潮の満ち引きのことは、ちょいと考えなかったが、探索は別に川上だけに限ってはおらぬ」

　負けず嫌いだから、内海はそうは言ったものの、たしかに遺体が上がった所より下流はあまり調べていなかった。駒之助の死体の捨て場所が、必ずしも発見された所よりも、川下だとは限らないと言うことなのだが、この辺りの住人なら、棄てる際に分かっているはずだ。

「分かっているはず？」

「へえ。海に流して、行方不明にでもしようと思ったのに、逆流して来てしまった。つまり、満ち引きを知っていたならば、落とす前に考えるであろうと」

「ふむ。しかし、下手人がそこまで考える余裕があったかどうか。あるいは、ただ目の前から死体を消したいがために川に棄てたとも考えられる」

「ならば、もう一度、訊きますが、永代橋の方はきちんと探ったのですね」

「だから、それは……」

「私は急ぎ足で、下流のあたりを廻って来ましたが、永代橋が見える土手に茶店がありますよね、船宿も兼ねている……そこの主人に聞いたのですが、昨夜、暮れの四ッ頃駒之助さんが立ち寄ったというのです。沢吉さんと一緒にね」

「沢吉……？」

「ええ。そして、丁度、同じ刻限には、庸二が上流の新大橋にいた……これ、どういうことやろうか……京で言えば、四条と三条に、同じ刻限に、大宝家の人間がおったということです」

「なんだ？」

「妙でしょ？　そこんところを調べてみる必要があるのとちゃいますやろか」

綸太郎が言わんとすることは、内海には分かっていた。つまり、沢吉が何らかの形で、駒之助を殺した上で、川に落とし、その亡骸を、庸二が発見するように仕組んだ……とでも言うのであろう。

「そんな七面倒くさいことをして何になるのだ」

「さあ。私にも、罪を犯す人間が何を考えてるのかは分からしまへん。でも、その刻限に、沢吉と駒之助さんが一緒にいたのは確かなのやから、もう一度、きちんと調べとくなはれ」

「沢吉が怪しいのか……」

「私はそう思いたくありまへんが」

そう言って寂しげな目になる綸太郎の顔を、内海はまじまじと見つめていた。

八

内海は早速、新大橋よりも下流、つまり霊岸島《れいがんじま》、永代橋へと探索範囲を広げた。

すると、昨夜遅く、永代橋付近に、沢吉が一人で佇《たたず》んでいたのを、橋番が見ていたことも、内海は摑んだ。人を殺したにしては、茶店の人や橋番の者に見られて、随分と無警戒ではないか、と内海は思った。

「これまた裏があるのやもしれぬな……」

しばらく川風を受けていた内海は、すぐさま神楽坂に戻ると、沢吉を訪ねて、じっくりと聞き込んだ。だが、沢吉は冷静に話すだけだった。

「私が師匠を……へえ、たしかに永代橋には行きましたが、なぜ、私が師匠を殺さなければならないのでしょう」

「ならば、何をしに、そこへ行った」

「供養です……」

「――供養？」

「はい。師匠が、もう十五年も前に亡くなった奥方と出会ったのが、雨の永代橋だと聞いたことがあります」

「なんだ？」

「内海の旦那……嘘っぽい話かと思うかもしれませんが、聞いてくれますか？」

内海が返事をするのを待たず、沢吉は訥々と続けた。

「人形を彫る木は、色々な所で取られて来ます。程よく乾燥されたものを……中には、七、八十年も乾燥させたものを使うことだってあります。その木は……色々な国から集められて来るのですが、不思議なことに、肌合いの合うものと合わないものがあります。私が言っているのは、職人が合う合わないではなくて、人形同士がです」

「人形同士……？」

「たとえば、十郎兵衛頭と娘頭……このふたつが、実は同じ木でできていたことが、後で分かることがあるのです」

「なんだ。何の話だ」

「ですから、馬鹿馬鹿しいと思うかもしれませんが、どうか聞いて下さいまし」

と沢吉はもう一度、頭を下げてから、「材木は切り倒されてから、あちこちに回され、切断されます。同じ山で、同じ年月育った、いわば幼馴染《おさななじ》みの木材が、人間の手によって伐られ、離ればなれにされるのです」

「うむ……」

「そして、離ればなれになったまま、数十年も乾かされてしまいますが……色々な人の手を経て、この工房に来ます。その時には、ただの材木ですから、何も分かりません。ですが、人形の頭を彫っていくうちに、木が泣いてくるんです。そして、分かってくるのです」

「何がだ」

「同じ山で育った、しかも隣同士だった木であることが、お互いが人形になっていく過程で、少しずつ分かってくるのです」

「……」

「私たち、人形師にそれが伝わったとき……『ああ、もうすぐだぞ。会わせてやるからな』と励ましながら、彫るのです。すると、出来上がった、頭ふたつが、『ようやく巡り会えた。お互い、人形になって、会うことが叶った』と涙を流して喜ぶんですよ……そんなふたつの人形が、たとえば、お染《そめ》久松なんぞを演じれば、それはそれは、素晴らしい味わいのある舞台になるのです。同じ人形遣いでも、他の人形とは違う、なんとも言えぬ、味わいの深い人形浄瑠璃になるんですよ」

内海は、沢吉の思いを聞いていたが、浄瑠璃なんぞにはとんと興味のない男だから、琴線《きんせん》に触れることはなかった。だが、なんとはなく、離ればなれになっていたただの木が、人形になって再会した不思議を、感じることはできた。

だが、そのような奇譚《きたん》めいたことは、自らが犯した何らかの罪を隠すための方便ではないか、とすら思えた。内海が、いつも駒之助と一緒に散歩する沢吉に、疑いを向けていることに変わりはなかった。

しかも、沢吉には、「殺していない」と証してくれる者はいなかった。ゆえに、内海はしつこく食らいついて、白状させようとしたが、その人形の再会の話をしてから、ぷっつりと無口になった。

「おまえ、なんのために、その話をしたのだ。何かそこに、言いたいことでもあるのか、一連の殺しについて」

「……」

「何とか言え、このやろう」

内海は後ろ襟を摑んで倒したが、沢吉はなぜかだんまりを続けた。ただ、

「師匠があまりにも可哀想です」

とだけ呟《つぶや》いた。

大名や幕閣にも招かれるような、名のある人形師が殺され、その息子の死も解決できないでいる。そのことで、北町奉行所自体が、老中から責められており、捕り物を差配している内海の器量も疑われることとなった。

「参った……なんとかしてくれ、若旦那」

と内海は泣きの涙で、『咲花堂』まで訪ねて来た。

「またですか……捕り物はもう勘弁してくなはれ」

そうは言うものの、

——駒之助が自分に身代を与えようとしたために、殺されたのではないか。

とずっと思っていただけに、綸太郎は内海を伴って、大宝の屋敷を訪れた。

そして、その旨を沢吉と庸二に告げると、沢吉は、綸太郎にならばと、不仲だった大宝の家族の実態を話しはじめた。

駒之助は阿由之輔を煩《わずら》わしく思っており、佐枝との祝言も元々は反対だった。人形にまったく興味を見せない庸二には、日頃から不平不満だらけだった。

「しかし、私のせいなら……もう無駄な争いはやめて欲しい」

と綸太郎は沢吉に言った。それはまるで、沢吉を下手人と決めているような言い草であった。だが、沢吉は、内海に対して、

——庸二が怪しい。

と言い張った。なぜならば、駒之助が生きているうちに、綸太郎や町名主を通じて神楽坂に身代を与えれば、庸二はまっとうに引き継ぐことが難しくなる。だから、先手を打って、駒之助を殺して、自分だけに『大宝』の財産が来るようにしたのではないか。そう言うのだ。

内海の睨みも同じだったが、綸太郎は突き放すように、

「もう、つまらぬ争いは、おしまいにしませんか。何人、人が死んだら気が済むのや。駒之助さんが亡くなったために、人形浄瑠璃の人形の名品がまたのうなる。人の命は一番大事やが、駒之助さんが大切にしてきた、浄瑠璃もまた汚すことになるのやで」

綸太郎は明らかに、沢吉に何かあると睨んでいるが、内海はまだ、庸二への疑いも抱いたままである。『大宝』の出でありながら、寺子屋を作るのは結構な話だが、資金繰りが苦しいと言いながら、実はその裏で、かなり博打《ばくち》の借金があることも摑んでいたからだ。

「兄貴だって、『大宝』の名と財力にものを言わせて、銘柄品としての人形を散々作って儲けた。俺には、おこぼれみたいな雀《すずめ》の涙しかくれないのは、どう考えてもおかしいじゃないか」

と庸二は明らかに、いまや自分が嫡男だと言い張った。だが、沢吉は、あまりにも身勝手だと突っかかった。

「庸二さん……どうせ、お久《ひさ》さんに吹き込まれたんじゃないんですか」

そう女房の悪口を言った。

「沢吉。雇われ人のくせに、大層な口を叩《たた》くんじゃないぞ。野垂《のた》れ死にしそうなおまえを、親父が拾って来なければ、おまえの人生は露と消えてたはずだ」

「……」

「人形師として腕を磨かせて貰ったのが、一番の財産ではないか。ありがたく感謝して、その腕を持って、他の人形師の所で出直せ」

庸二は吐き捨てるように言うと、新たな当主として、沢吉に出て行くよう命じた。

「へえ。私が出て行くのは構いません。ですが、阿由之輔さんを殺したのも、師匠を殺したのも、あなたです。どうか、正直に話して下さい。どうか……」

「黙れ。何のつもりだ！」

と庸二は、沢吉の胸ぐらを摑んで、「親父も兄貴も、俺はやってなんかいない！　やったのは、おまえじゃないのか？　真面目で大人しい弟子ぶっていたが、何が狙いなんだ、え！　俺たち『大宝』の人間が、そんなに憎いのか！」

庸二は、まるで仇は沢吉だと決めつけて、乱暴を働こうとしたが、内海が止めた。

「そうやって、カッとなるのが、あんたの性分らしいな。そして、賭け事でも熱くなるから、すぐ借金をする。寺子屋の先生が聞いて呆《あき》れるぜ」

「内海の旦那……」

と庸二は荒い息で肩を震わせながら、「一刻も早く、下手人を挙げて下さいよ。でねえと、今度は……今度は俺が殺されるンじゃないかって、怖くて怖くて……」

「だったら、俺の調べにきちんと向き合え。正直に答えろ。いい加減なことばかりを言っているから、その間に、親父さんも殺されたのではないのか」

「……」

「ほ、本当に、俺じゃないって……」

情けなく項垂《うなだ》れる庸二を、綸太郎と内海がじっと、見下ろしていた。

九

大宝家の内部の者の犯行であろうという内海の睨みは変わらないが、さりとて、決定的な証もなく、疑わしいのは、庸二と沢吉しか残っていないと思うと、内海は二の足を踏んでいた。

「いいえ、内海の旦那……佐枝のツバメも怪しいのではありまへんか」

と綸太郎が言うと、内海はしたり顔で、

「そんなものは、とうに調べてるよ……だが、二人のうち、どちらかが阿由之輔を殺したという証は、それこそないのだ。俺も初めは、二人を疑ったが、阿由之輔が死んでしまえば、佐枝の不義密通相手の『大福屋』……萬平《まんぺい》といったが、そいつが困るものな。殺すわけがない」

「だったら、内海さんはやはり……庸二だと？」

「いいや。若旦那の言うとおり、沢吉かもしれぬな」

そう聞かされた綸太郎は、しばらく考え込んでいたが、

「ならば、どうやって、白状させるのですか」

内海はいつになく憔悴《しょうすい》した顔になって、「今度の一件は、なんとなく、もういいか……と思わんでもないのだ」

「どうしてです」

「駒之助と阿由之輔の二人が死にはしたが、世間には迷惑をかけていないからだ」

「世間に……」

「ああ。ずっと内輪の話だと言ってきたが、結局は、気の合わなかった父と子が、この世では理解ができなかった。だけど、あの世に行けば、分かり合えるかもしれぬしな」

「旦那。そんなしょうもないことで、真相をうやむやにせんといて下さい。それこそ、同心らしくありませんよ」

「しかしな……あの沢吉の言葉を聞いていたら、どうも……」

「どうも、なんです」

「人形を扱う者たちの、その者たちにしか分からぬ何かがあるのかな……だから、今度の殺しも、俺たち同心には分からねえ何か、心の奥の何か不思議な理由でもあるのかと勘ぐってしまうのだ」

「分からぬ……」

沢吉の言葉とは、同じ山で育った木が、人形の頭になって出会うという、あの話である。そのような不可思議な話は綸太郎も聞いた事はある。木にも魂があって、お互いに惹かれ合うということだ。

「なるほど、さようですか……」

と綸太郎は、何かが頭の中で閃《ひらめ》いて、「あっ」と声をあげた。

「なんだ。若旦那らしい名案でも浮かんだか」

「名案かどうかは分かりませんが、ちょっとしたことをしてみとうなりました」

「ちょっとしたこと？」

「はい。今、私の父と昵懇《じっこん》だった野崎豊五郎さんが江戸におるんです。へえ、あの上方で屈指だった人形遣いの。人形浄瑠璃といえば、大坂から出たものですからな。ちょっと、お頼みしてみまひょか」

「何をだ」

「さあ、何を頼みましょう……」

綸太郎はにこりと笑うと、「今日の明日では無理かも知れませんが、いや、無理を承知で頼んでみます」

「だから、何をだ」

「お神楽を舞ったのが神楽坂のはじまりならば、人形浄瑠璃も神楽からはじまり、傀儡師が広めてきたのや。そうしまひょ、そうしまひょ。その代わり、旦那……お客は必ず集めてくれやす。沢吉さんと佐枝さん、それと庸二さんをね」

その夜、綸太郎は赤城《あかぎ》神社の境内にあるお神楽の舞台を、俄に台座などを取り付けて、人形浄瑠璃ができるように設《しつら》えた。

そして、大宝駒之助の最後の仕事となった、〝若男〟と〝ねむり姫〟という頭を用意して、豊五郎の登場を待った。〝若男〟は色気のある男で、〝ねむり姫〟はしくしくと泣くしかけのある人形である。

豊五郎は隠居をして本舞台には立たないが、若い人形遣いのために、色々と教えている。その稽古ということで、今宵《こよい》は俄に、『曾根崎心中《そねざきしんじゆう》』でも演じてもらおうと、綸太郎は画策したのだ。

集まった客は、沢吉ら『大宝』の者たち三人と、綸太郎と桃路、そして内海の六人だけである。

三味線弾きと義太夫も、まだ修業の身の若い者たちである。人形遣いはもちろん、三人ずつ、お初《はつ》と徳兵衛《とくべえ》で六人。お初の主遣いは豊五郎で、足捌き、裾捌き、手捌きが当代一ゆえに、そのしなやかで切なげな動きだけで、泣けてくるのだった。

〽恋風の身に蜆《しじみ》川流れては、その虚貝《うつせがい》うつつなき、色の闇路を照らせとて、夜ごとに灯す灯火は、四季の螢よ雨夜の星か……

太夫の語りと三味線の音で、北新地に漂う艶やかな風情が流れ出し、元禄十六年（一七〇三）に初演された近松門左衛門《ちかまつもんざえもん》の名作が、豊五郎が中心となって開幕した。にわか作りの舞台は、鬘《かつら》、衣装、大道具、小道具らが打ち揃《そろ》って、本舞台さながらに盛り上げたものだ。

金銭の悶着のことから、この世では添い遂げることができなくなった男と女、徳兵衛とお初が、笠と手拭いで顔を隠して、一緒に死ぬことを覚悟して、帯で互いを繋ぎあう『天神の森の段』では、佐枝は涙を堪えきれず、三味線がチンとなるたびに嗚咽《おえつ》した。おそらく、大福屋萬平との不義密通と重ねあわせているのであろうか。

〽この世の名残り、夜も名残り、死にに行く身をたとふれば、あだしが原の道の霜、一足ずつに消えて行く、夢の夢こそ哀れなれ。あれ数ふれば暁の、七つの時が六つ鳴りて、残る一つが今生の、鐘の響きの聞き納め……

涙にむせぶ佐枝は、全身を震わせて、堪えきれなくなって堰《せき》を切ったように泣き出した。そして、しまいには床にひれ伏して、遠慮なく号泣となったのだ。もし、これが芝居小屋なら、顰蹙ものであろうが、内輪だけの集まりゆえ、誰も文句は言わなかった。

そんな佐枝の姿を、綸太郎と内海は冷静な目で見ていた。

「なるほど。若旦那は、こういう仕掛けをしたかったのかい」

と耳元で囁《ささや》いた内海は、にやりと頷くと、今しばらく人形芝居に目をやった。

——さすがは、豊五郎さんや。身構えて見ている者でさえ、ぐいぐいと惹きつける。隠居したのが勿体ないくらいやな。

綸太郎は心の底から感心していたが、泣きはじめたのは佐枝だけではなく、沢吉も大粒の涙を流して肩を震わせていた。おそらく、駒之助の最後の人形となった〝若男〟と〝ねむり姫〟との相性が、驚くくらい素晴らしかったのであろう。

「さすがは、師匠や……人形の頭だけで、泣かしている。ああ……こんな師匠に……ああ、私はとんでもないことをしたッ……」

しばらく小声で泣いていたが、芝居の最後の最後、お初と徳兵衛がひとつになるところで、沢吉は思わず、

「すんまへん……若旦那……綸太郎さん。私が殺しました……阿由之輔さんを殺したのは私です。わ、私です……！」

と号泣して項垂れた。

そんな沢吉の姿を見て、綸太郎はやさしく問いかけた。

「どうして、殺したりしたのや？」

「あの晩……私は、師匠に頼まれて、向島まで、阿由之輔さんに話をつけに行ったのです。今後、『大宝』の銘柄をつけて、置き人形を作るのはやめろと。そしたら……」

阿由之輔は逆上して、沢吉を殴り飛ばした挙げ句、

『帰って親父にこう言え。人形浄瑠璃だけで食える御時世じゃないんだ。俺に感謝して欲しいくらいだ。大宝という家柄だけで、飯が食えるかとな！』

そう怒鳴られた。沢吉は腹の底から、怒りが湧き上がったが、雇い人の身の上だから、矛《ほこ》を収めるしかなかった。

「でも、その帰り、吾妻《あずま》橋を通りかかると、奥様の佐枝さんが、大福屋萬平と逢い引きしている姿を見つけたんです。私たちの前でも見せたことのない、それはそれは、純真な娘のようなお顔でした……」

と沢吉は続けた。

「でも、そのとき、奥様は萬平に夢中で、あの橋の上の往来の中に、私がいることなんて思ってもみなかったのでしょう……聞こえたんです。今は金蔓《かねづる》だけど、頃合いを

見計らって、亭主を殺す。そしたら、一緒になろうねって話しているのを……」

「う、嘘です……」

佐枝はそう言ったが、沢吉が毅然《きぜん》と振り向いて、

「もう正直に話して下さい」

と言うと、黙ってしまった。佐枝は俯《うつむ》いたまま、膝を崩すこともなく、じっと座って、沢吉の話を聞いていた。

沢吉はその二人の睦言《むつごと》のような話を聞いた途端、すぐさま吾妻橋から向島まで取って返し、人形工房まで走った。職人たちは帰って、もう阿由之輔が一人だけのはずだった。息も絶え絶えに戻った沢吉は、

『まだ、いたのか。話は聞かぬ。とっとと帰れ』

とまた怒鳴られた。沢吉は、今し方、吾妻橋の上で見たことを、阿由之輔に話した。告げ口をしたのである。

ところが、阿由之輔は驚くどころか、先刻承知の顔つきで、

『おまえも子供じゃないのだから、そんなことでガタガタ言うのではない。あいつらが、乳繰り合ってるから、こっちも色々な女を囲うことができるのだ。ほっとけ、ほっとけ。そのうち、不義密通で二人をあの世送りにしてやる。いいな。余計なことを

言うなよ。世間というものは、こういう醜聞が好きなのだ。そんなことになってみろ、清楚《せいそ》で爽《さわ》やかな印象で売ってるうちの置き人形にケチがつく。いいな。他言無用だぞ』

そして、阿由之輔はおもむろに、

『早いとこ親父が死んでくれないかなあ。そしたら、俺の勝手にできるのに』

とあくびをしながら言った。その言葉に、沢吉はカッとなってしまった。佐枝も佐枝なら、阿由之輔も阿由之輔だと思った沢吉は、考える間もなく、傍らにあった棍棒で殴っていた。

一瞬にしてガックリと倒れたが、息を吹き返しては困る。いや、確実に息の根を止めたい。そう思った沢吉は、厨房から柳刃を取り出してきて、刺し殺した。

その庖丁は、その場から持ち去って、近くの掘割の中に棄てたのだが、お上が見つけられなかったのが誤算だった。その刻限に、佐枝は萬平と会っているのだから、疑われるに決まっている。しかも、自分の家の柳刃を使って、それを棄てたのだから、佐枝に疑いが向かうと沢吉は踏んでいたのだ。

だが、お上の探索は、佐枝の方を向いたが、殺しの決め手に欠けて、調べは遅々としていた。

阿由之輔が死んだ後に、庸二が帰って来たものの、

『兄さんは死んだのに、居座り続けられてよかったな。これで、あんたにも幾ばくか、金が入る目論見《もくろみ》だろうが、俺がそうはさせんよ』

と言って、佐枝を露骨にいびっていた。しかも、葬儀の席でである。だが、佐枝も負けずに、それなりの金を貰うとふっかけていた。

「なんという、えげつない奴らだ。と私は思いましたよ」

と沢吉は言った。

「でも、殺したのは私です……人を殺して、心が痛まない訳がない。だから、正直に師匠に話して、お畏《おそ》れながらと出ようと……ところが、師匠は意外にも、『黙っておれ』そう言ったのです。それから、しばらくして、庸二さんが、しつこいくらいに、金の無心を師匠にして来ました。自分が『大宝』を継ぐと言い出したんです。だから……」

駒之助は、沢吉にこんな話を持ちかけた。

『よいな、沢吉。儂の浄瑠璃人形を作れるのはおまえだけだ。だから、阿由之輔を殺したなんぞと、お上に訴え出ることはない。なに、息子とはいえ、奴は金の亡者だ。いずれ、奴を殺して、俺も死ぬ覚悟だった』

『ええ……!?』

『だから、よく聞け……おまえは、何もやっていない。そして、今度は、俺が殺される。庸二のせいにしてな』

『師匠……』

『これで、いいのだ。佐枝はどうせ、不義密通で死罪だ。そして、親殺しで庸二が捕まれば、大宝はもうおしまいだ。けど、儂の技はおまえに残すことができる。そして、大宝の身代は、神楽坂に残すことができる。いいな』

そう断じた、駒之助は、庸二を上流の橋に呼び出した上で、自分はその下流から飛び込んだ。庸二に発見させるために……。

「その刻限は、潮が満ちていて、川が逆流することを承知していたのだな」

と内海が訊くと、沢吉は頷いて、

「それが、師匠の計算でした。庸二さんが見つければ、その場で落としたと疑いがかかる。そう仕組んだのです」

この永代橋に行くまで、まるで道行きのように、駒之助は沢吉を従えて、

『いいな。あんな高い橋から飛び降りたら、儂みたいな年寄りはいちころだ。どうせ心の臓も悪いし、老い先は短い。最期くらい、儂が儂自身の命を使って……ああ、人

形に吹き込むように命を使って、思い通りの幕を引きたいのだ……首に縄をかけて、この欄干に結んで飛び降りる。体の重みで、首は絞まるじゃろう……そしたら、縄を離してくれ。そして縄も川に落としてくれ……』

と切々と語った。それも庸二が首を絞めたと見せたいがためだった。沢吉はそれはできないと言ったが、駒之助は息子たちに裏切られた内心の辛さや、嫁に恵まれなかったことへの哀しみ、そして、早々と失った妻への思慕などが重なって、自ら命を絶ったのだ。

「遠い昔、奥様と出会った永代橋でね……そして、それは私への思いやりでもありました。でも、そんなことは……決して、してはならなかったのです。へえ……」

しんみりと聞いていた綸太郎たちの間に、静かな時が流れた。その静寂を破るように、豊五郎がぽつりと言った。

「この〃若男〃と〃ねむり姫〃は、駒之助さんの傑作や。おそらく、夫婦だった木が、駒之助さんの手によって、再会できたのやろう。ほんに相性がええ」

その言葉は、死を覚悟してまで、沢吉に匠の技を伝えたかった駒之助の意地を感じたから出たに違いなかった。

「しかし、人形作りが人を殺すとは思わなんだがな、沢吉さんや」

黙っている沢吉に代わって綸太郎が何か言おうとしたが、豊五郎はそれを察して、

「綸太郎。もう余計なことを言うな。後は、内海の旦那に任せたらどうや」

「――へえ」

ゆっくり立ち上がる沢吉に、内海が手を差し伸べると、その後ろから、庸二の怒声が飛んできた。

「バカバカしい！　だったら、俺は被害を受けた方じゃないか！　親父め……俺がそんなに憎いか……憎いかア⁉」

激しく叫んで、床を拳《こぶし》で叩《たた》きつけたが、誰も同情の声はかけなかった。佐枝ですら、じろりと睨んで、

「庸二さん……お互い、もう少し親に思いやりを持つべきだったわねえ」

そう言うと、お初にでもなったつもりなのであろうか、萬平との不義密通をはっきり認めて、後はお上の裁断に委ねると言った。佐枝は、ふうっと深い溜息をついて苦笑したが、亭主を裏切ったことへの反省なのか、それとも萬平へ申し訳ないと思ったのか、綸太郎には分からなかった。

「沢吉さん……」

と綸太郎は声をかけて近づいた。

「もう一芝居、観て行きまへんか。あんたが一番好きやった、『女殺《おんなごろし》油地獄《あぶらのじごく》』……辛《つら》いやろうが、あんたの気持ちかもしれへんで」

「……」

「なあ、内海の旦那。もう少しええやろ。豊五郎さんも、どないでしょう。舞台や衣装を変えねばならんけど、そこは若い修業中の者たちが何人もおる。お願いしますわ」

綸太郎の声に、舞台作りが、まるで本番さながらの緊張で始まった。

神社の境内には音もなく氷雨が降っていた。

第四話　桃の園

一

神田川沿いの河岸《かし》を折れ、日の暮れかかった神楽坂を登りはじめると、季節はずれの桃の匂いが、どこからともなく漂ってきた。甘くて切ない香りに、上条綸太郎はつと足を止めて、辺りを見回した。

「妙だな……」

まだ日暮れ前だというのに、いつもの喧噪《けんそう》がなく、人通りも少ない。綸太郎がゆっくりと足を踏みしめるように坂を登って『咲花堂』の近くまで来たとき、

チリン——。

と風鈴が鳴るような音がした。しだいに、その音は大きくなり、複数の鐘の音が重なって鳴り出して、耳障《ざわ》りになるほどであった。

鐘の音がふいに消えた途端、狸《たぬき》小路から一台の御輿《みこし》が、綸太郎の目の前に現れた。御輿といっても祭御輿ではない。四人で担いだ高貴な人が乗るような唐風の朱色の輿で、優美な飾りつけがしてあった。宮廷風の衣装を纏《まと》った従者も数人従っていた。

「なんだ……？」

綸太郎が目を凝《こ》らしていると、御輿は神楽坂に出て、丁度、『咲花堂』の前あたりで止まった。でも飾り物はゆっさゆっさと揺れている。

——何か、厳《おごそ》かな唐風の行事でもあるのか。偉い御仁《ごじん》でも来るのか。だから、人は通りに出ていないのか。

などと綸太郎の脳裏には一瞬のうちに色々な疑念が広がった。

御輿を避けるようにして、『咲花堂』の白格子の戸を開けようとすると、内側から鍵がかかっているのか開かなかった。

すると、御輿の簾《すだれ》から、透《す》き通るような白い手が伸び出てきたかと思うと、従者がそれを補うように傍らの紐《ひも》を引いて、するすると簾を上げた。

御輿に乗っていたのは、やはり唐風の赤い羽衣《はごろも》のような着物を身につけた、妖艶な美しい女だった。

綸太郎は一瞬にして釘付けになり、しばらく足に根が生えたように立っていた。すると、御輿の美女は仄《ほの》かな笑みを浮かべて、おいでおいでをしている。

「……」

心の何処《どこ》かにポカンと風穴が開いたように、すうっと甘い桃の香りが綸太郎の中に忍び込んできた。辺りはすっかり暗くなって、目の前の御輿だけが、光を発しているようにキラキラと燦《きら》めいている。

——狸小路から出て来たからな。これは、もしかしたら、人を化かしているのかもしれんぞ。くわばら、くわばら。

と綸太郎は胸の中で思っていると、従者が囁《ささや》いた。

「上条綸太郎様とお見受けいたします。どうぞ、お乗り下さいませ」

「お乗り下さい……って」

「御輿にでございます」

従者がそう言うと、御輿は少し低くなり、中に入りやすいようになった。美しい女が白い手を差し出したまま、声にこそ出さないが、さあと綸太郎の手を握ってきた。

一瞬、ひやりとした冷たい手だったが、すぐに温もりが出てきた。

御輿に入って、膝をつき合わせるくらい間近で顔を見ると、女はまさに南宋画《なんそう》から抜け出て来たような美しさだった。

綸太郎も諸国遍歴をする中で、様々な美形に遭遇してきたが、すうっと流れるような目鼻立ちで、薄めの小さな唇が艶《あで》やかに輝き、漆黒《しっこく》の瞳は吸い込まれそうであった。さらに、微《かす》かに浮かべている笑みは、まさに天女の微笑《ほほえ》みだった。

御輿に乗せられた途端、簾がもとのように下げられ、ぐいと高く上がったかと思うと、大した揺れもなく、坂の上の方に向かって動きはじめた。

「何処のお姫様《ひい》ですかな？」

と綸太郎が訊いても、女は微笑みを湛《たた》えたままで、何も答えることはなかった。他にも、用件は何かとか、何処へ行くのかと訊いても、黙って見つめているだけであった。しかし、不思議に不気味な感じはない。女は羽毛でできている扇子《せんす》を綸太郎に向けて、軽くあおいでいた。綸太郎は甘酸っぱい香りの中で、心地よくなってきた。

御輿が平らな所に来た感じがしたので、簾を少しずらしてみると、辺りは鬱蒼《うっそう》とした深い森で、聳《そび》えるような壮麗な門を潜ろうとしているところだった。

「ここは？　神楽坂上に、こんな立派なお屋敷がありましたかいな」

そう問いかけても、絶世の美女は扇をゆっくり振っているだけで、何も話そうとしなかった。ただ、うふっと笑い声と一緒に溜《た》め息が洩れるような仕草をした。少し鼻にかかっている声も甘かった。

御輿がつけられたのは、絵で見たことしかない中国の宮廷のような屋敷の前だった。といっても唐代のような華やかさではなく、北宋《ほくそう》、南宋という水墨画の中に出てくる幽玄《ゆうげん》な建物や庭が広がっていた。

綸太郎は、南宋四大家と呼ばれる李唐《りとう》、劉松年《りゅうしょうねん》、馬遠《ばえん》、夏珪《かけい》が好きで、京の本店に幾つかあった、その立体感のある山水画には子供の頃から惹きつけられていた。

そのような情景の中に、降り立った綸太郎は、従者に招かれるがままに、屋敷の中に入り、板張りの床に履物のまま通された。

少し奥に行くと、大きく枠取りした窓があって、その向こうに蓮池が広がってい

た。池の周りには、しだれ柳がずらりと取り囲んでおり、石灯籠《どうろう》が所々に配されてい

る。聞いたことのないような甲高《かんだか》い鳥の声が時々、柳の中から洩れていた。

そのまま建物から出ると、石橋が蓮池にかかっており、その向こうの小高い所に破《は》

風《ふ》造りの年季の入った建物があり、数段の石段を登って行けるようになっている。

建物の入口まで来て振り返ると、先程通ってきた山門が塔のように聳えており、そ

の左右には、実のなっている桃の園が、薄暗い中に広がっていた。そよ風が吹いて、

その香りが奥の院まで届いてくる。

——今は秋、桃の時節ではないが……。

という思いがよぎったが、あまりの甘さに、余計な考えは消えてしまった。

建物の中は、寺のようにがらんとしていて、四方に幾何学《きかがく》紋様のような窓が設《しつら》えら

れてあった。そこから覗き見られる外には、まるで伽藍《がらん》のように配置された小さな房

と、石碑や塔などが見えた。

綸太郎がこの部屋に通されて、大きな食台の前の、体がすっぽり入ってしまうほどの椅子に座らされたとき、すうっと疲れが取れたように楽な気持ちになった。これも桃の香りのせいかもしれない。

ここに通される間に、御輿の美女は、迎えに出てきた側女《そばめ》たちに連れられて、他の屋敷に入ったようだった。

風の音と、時々、鳥の声しか聞こえない。まさに山水画の中に入ってしまったかのような錯覚に囚《とら》われた。しかも、山里の奥に来て、人がいないのではないかと思えるほど、静寂が続いていた。

やがて、夜が更けると、女官風の女たちが数人現れて、食べきれないほどのごちそうがずらりと並べられ、酒がふるまわれた。

「まるで龍宮城どすな……」

と綸太郎はしぜんと両頬が落ちるほどの唐風の料理と酒に舌鼓《したつづみ》を打っていたが、御輿の美女がなかなか現れないのが気になった。後で来ると約束した訳ではないが、一体、何者か気になって仕方がなかった。

綸太郎にはべって、酒の酌をしている女官たちも、いずれ菖蒲《あやめ》か杜若《かきつばた》。女あしらいの上手《うま》い綸太郎も鼻の下が伸びっぱなしであった。

どのくらい飲んだであろうか。

美女の群れに煽られながら、何刻か夢見心地で過ごした後、ようやく、御輿の美女が訪れて来た。やはり、先程のような笑みを浮かべたままである。

「お姫様……せめて、あなたの名を」

綸太郎が手を差し伸べると、女も指先をそっと触れるように差し出して、

「桃《もも》と申します」

と言った。錯覚かもしれないが、少し京訛《なま》りがあるような気がした。

「桃ノ姫、ですか。なるほど、それで、この屋敷の庭には桃がなっているのどすな」

「年がら年中、実っております」

「……年中？　それはまた、不可思議なことがあるものですな。花は春、実は初夏と思うてましたが」

「ですから、ここ『桃の園』は、年中、桃の季節ということでしょう」

「なるほど……」

不思議と納得してしまう綸太郎の頭の中は、酒が回っている。明晰な判断なんぞ、できる状態ではなかった。ただ、頭の片隅で、桃の園なら、芸者の桃路を呼んでやろうなどと考えていた。

「——君が家何《いず》れの処にか住《じゅう》する。妾《しょう》は住にして横塘《おうとう》に在り、船を停めて、暫く借問せん、或いは恐る是れ同郷ならん」

「長干行《ちょうかんこう》という詩ですね。もしかして、同郷の人かと通りすがりの人を懐かしむ……」

「そうどす。あなたも少し京訛りがしたような気がしたのでね」

「京には、一度しか行ったことがありません」

「一度だけ……さよか……」

綸太郎は甘めの酒を、じっと桃ノ姫を見つめながらぐいと飲んだ。

「ところで、どうして俺がこの立派なお屋敷に連れて来られたか、教えてくれるかな」

「はい」

と桃ノ姫はしなやかに綸太郎の横に座り直すと、その切れ長の目で見つめて、

「あなたに見て貰いたい刀があるのです」

「刀……」

「はい」

「鑑定なら、店に持って来て貰ってもよかったが……こんな立派な宴《うたげ》をして戴《いただ》いて

は、見る目が曇るというもの」

「そんな御方ではないことは承知しております。綸太郎様……どうかお願い致します」

「いいでしょう。それが仕事ですからな。ですが、今はあきまへん。こんなに酔っ払っていては、まともに見ることは難しいし、あなたの美しさにも、すっかり酔ってしまってますから」

桃ノ姫は薄い笑みを浮かべただけだった。

「この屋敷は、一体、何方《どなた》のお屋敷なのですかな？　そして、あなたは……」

「はい。今から、お聞かせ致します……ここは、桃井《ももい》藩三万石の藩主・桃井伊予守兼尊《いよのかみかねたか》が、五十五歳で隠居なさってから、『桃源楼《とうげんろう》』という茶室を兼ねた別邸として作り、九十歳の長寿をまっとうした処なのです」

「ほう……」

「殿が書き残した『鷹狩り短尺《たんざく》』という日記には、自分が武家の出ではないことに触れておいでです。本来なら、北国の小藩で、鷹匠の子として一生を過ごしたはずの、身分卑しい人間だったというのです」

だが、彼に接した大名や家臣からは、比類なき高潔な人物だという評価がある。領民からも敬愛されて、桃井藩からは著名な国学者や漢学者も出ているという。

桃井伊予守が三万石の大名になった経緯は不明な点が多いが、旅の途中で交流のあった津軽《つがる》藩主との逸話から、その人柄が偲《しの》ばれると、桃ノ姫は言った。

「私は、桃井伊予守の孫娘です」

「お孫さん……」

綸太郎は息を呑《の》んで聞いていた。

「殿の幼名は、雪太郎《ゆきたろう》といいまして、その暮らしに変化が起きたのは、八代将軍吉宗《よしむね》公が将軍におなりになった享保元年の冬のことでございました」

二

奥州《おうしゅう》の雪は深い。

背丈ほどある灌木《かんぼく》に雪が覆《おお》い被《かぶ》さっており、その中に身をひそめるように、雪太郎は左手に乗せた蒼鷹《おおたか》を、凜《りん》とした目で眺めていた。そして、獲物を前に興奮した鷹を、いきり立つ寸前で抑えていなければならなかった。

二十間程向こうの沼沢地で、ばらまいていた餌《えさ》をついばんでいる丹頂鶴が、今日の獲物だった。真っ赤な頭頂と雪のように白い羽が水面にゆらめき、優雅に泳いでいた。

鷹匠の腕の見せどころは、羽合《はあ》わせである。羽合わせとは、獲物が飛び立つのと同時に、左手の鷹を素早く投げかけることだ。この勢いが少しでも狂えば、鶴に逃げられることになる。鷹は二度と追いつくことができない。しかも、飛び立つまで、鷹の存在に気づかれては、元も子もない。

「よいか。まだ気を発してはならぬぞ。まだだ。も少し、近づくまでな」

蒼鷹の耳元にささやいて、雪太郎は這《は》うように雪に覆われた枯葦《あし》の間を進んだ。

見渡す限りの湿地帯である良好な鷹狩り場は、山颪《やまおろし》によって、次第に寒さが増してきた。しかし、雪太郎のはるか後ろに控えている、殿様を中心にした総勢数十人の武具甲冑《かっちゅう》の家臣団は、寒さに震えることなどなく、凜然と身構えて見物していた。

これが、殿様最後の鷹狩りである。

殿様とは、奥州岩木《いわき》藩一万三千石藩主、松平少将惟政《まつだいらしょうしょうこれまさ》。譜代大名でありながら、時の幕閣の質素倹約令などを中心とした改革政策を、激しく批判したことから、隠居処分になった。だが、松平少将には嗣子《しし》がおらず、岩木藩領は、幕府の直轄地となることになった。

少将と雪太郎はまた格別な関係にあった。

五歳の少将が初めて鷹狩りに同行した時、狩り場の片隅に、座蒲団にくるまれただけの、生まれたばかりの赤ん坊が棄てられていた。

それが雪太郎だ。

赤ん坊を見つけた少将は、じぶんの弟ができたと思い込み、絶対に城へ連れて帰るといってきかなかった。

だが、譜代大名が、捨て子を我が家で養うわけにもいかず、鷹匠・近藤宅兵衛《こんどうたくべえ》の養子にすることでまとまった。

「ただし……誰が親かもわからぬ不憫《ふびん》な子じゃ。表沙汰にしてはならぬぞ」

前藩主の強い言いつけで、雪太郎は狩り場から一歩も出られない一生を送るハメになったのである。

狩り場には、仮屋という、殿様の休み所がある。雪太郎はそこで育てられ、物心がつく頃には、水汲《く》みをしたり、炭を焼いたり、掃除をすることが日課で、手足の指は樵《きこり》のように節くれ立っていた。

兄弟のいない少将は、雪太郎のことを身内のように慕《した》い、鷹狩りにかこつけて狩り場に来ては、雪太郎と遊んだ。

身分の上下などない。剣術や柔術などの武芸をしたり、野や山で兎を追ったり、川で岩魚《いわな》釣りをしたり、二人でいれば、日がな一日遊ぶことには事欠かなかった。

少将は藩主の嗜《たしな》みとして、学問にも熱を入れていた。文字も書けない雪太郎であるが、少将の口真似で、四書五経の一部をそらんじていた。が、意味はまったく知らなかった。

子供の頃から少将と接している雪太郎は、すっかり殿様言葉がしみつき、それがしぜんな喋《しゃべ》り方になった。雪太郎が少将に向かって、

「セミを早く捕ってみせよ」

「危ないゆえ、寄るでない。控えておれ」

「苦しゅうない」

などと話すのである。

傍から、側役の家臣らが見ていると、はらはらするのだが、当の少将は、雪太郎との交遊をちっとも変だとは思っていなかった。

その関係はお互いが長じても同じだった。

雪太郎の体格はがっしりと大きく立派になり、決して小柄ではない少将と並んでも、雪太郎の方が殿様に見えるほど威風堂々《いふうどうどう》としていた。そんな体軀で、雪太郎は鷹

匠顔負けの狩りをした。しかも、鷹の扱い方を生まれつき心得ているような、不思議な男だった。

鷹匠の仕事の中には、山奥に鷹の巣を捜し出し、野生の鷹を生け捕りにして、鷹狩り用の鷹に調教することがある。有能な鷹ほど、人に慣らされることは少ない。

だが、雪太郎は、熟練の鷹匠がさじを投げるような鷹でも、一晩もあれば、自由に操った。まるで馬や犬が頬ずりするように、鷹の方から頭を擦りつけるのである。

「鷹が産み落とした人間かもしれん」

と家臣たちが噂したほどだ。

しかし、雪太郎には、情緒の面で欠陥があった。激しい感情を表に出さないのだ。よく言えば、いつも平常心なのだが、感情の起伏に乏しいのは、育った環境がそうさせたのか、生来のものなのか……三十五の歳になっても変わらなかった。

最後の鷹狩りに使うのは、雪太郎が最も信頼しているハヤカゼという蒼鷹である。

雪太郎は、程よい距離まで鶴に近づくと、わざと葦を揺らした。その気配に驚いて、沼から飛び立つ鶴に向かって、絶妙の間合いで、羽合わせをした。

鷹は笛が鳴るような音を立てて、一直線に鶴に向かって翔《と》ぶ。その軌跡がはっきり見えるようだ。

「そこだ、捕らえろ！」

叫ぶと同時、雪太郎は素早い動きで、前方に向かって走り出した。鷹が鉄砲弾なら、雪太郎自身は、猟犬である。鷹がその爪で落とした獲物を、素早く取りあげ、殿様のもとに届けるのだ。

蒼鷹は、鶴の腰のあたりに体当たりするように飛びかかった。広げれば七尺以上もある大きな羽の鶴に襲いかかる鷹は、まるで熊に飛びかかる柴犬だった。

鷹の爪は鋭い。鶴は文字通り羽をもがれた鳥となって、地面に落ちた。既に、落ちる位置を見定めている雪太郎は、落下した鶴に躍りかかり、暴れないよう縄でしばりつけた。

大型の鶴は、首をもたげて、鷹の目や首を狙って襲いかかり、下手すれば、鷹の方が殺されてしまうからだ。

雪太郎の手慣れた仕儀を見届けて、家臣が叫んだ。

「召し捕った、見事、召し捕った！」

傷ひとつ付けず、差し出された純白の鶴を眺めて、少将は満足そうに頬をゆるめた。

「ようやった、雪太郎。最後の鷹狩りに相応《ふさわ》しい獲物じゃった」

「ははは、恐れ入ったか。おぬしには剣も学問もかなわんが、これだけは、どう見ても、儂《わし》の方が上だ」

と雪太郎は、自慢げに鼻を上に向けた。

少将は頷くと、今日の獲物をみなに振る舞った。獲物は鶴をはじめ、雁《かり》八羽、鴨《かも》十三羽、鶉《うずら》六羽、キジ二羽。それらを、狩り場の外れにある藩主の別邸で、台所役が調理し、家臣や陪臣たちが一堂に会して食事をした。

今日が、最後の晩餐《ばんさん》なのだ。家臣たちは通夜の席のように、思い思いに藩主との別れを惜《お》しんでいた。

少将は平然と鶴の汁だけを飲み干すと、

「皆の者……よいな、せっかく余が再仕官先を世話してやったのじゃ。追い腹は決してしてはならぬぞ」

と静かに立ち上がって、奥の間に行った。

藩主は、雪太郎だけに、来いと言った。

「おまえには何一つ分け与えてやるものがない。ただ……これは我が家の家宝じゃ」

と脇差《わきざし》を差し出して、「先祖が神君家康《いえやす》公から授かったというものだ。これを俺だと思って、達者で生きてくれ」

「儂はどうすればよいのじゃ？」

と雪太郎は寂しそうな目を向けた。

「旅に出るがよい。そのうち、おまえに相応《ふさわ》しい生き方が見つかろう」

「旅か……そういえば、儂は生まれてこのかた、まだ一度たりとも、この狩り場から出たことがない。少々、心細いのう」

「すまぬ、雪太郎。一人で生きてゆけ」

少将は雪太郎を押しやるようにして、次の間にいくと、狩衣《かりぎぬ》を脱いで白装束になった。

隠居を命じられて、はいそうですか、と聞く少将ではなかった。公儀への意見書を書いた後、介錯もなく切腹をした。

悶絶する少将の姿を、雪太郎は食い入るように見ていた。

「おい、こら。なぜ腹なんぞ切った。死んでしまうぞ、おい。しっかりせぬか」

さすがの雪太郎もうろたえながら、動かなくなった少将に近づいて抱き寄せ、

「なぜ、このような事をするのじゃ。おい、なぜじゃ！」

と何度も何度も、揺り起こそうとしていた。

その頃——。

誰がつけたのか、陣屋が炎に包まれ、手をつけられないほど拡がっていた。ちらほら雪が舞う中、喊声《かんせい》とともに領民たちが集まって大騒ぎになっていようとは、雪太郎は知るよしもなかった。

三

「奥州岩木藩がその昔、なくなったことは聞いたことがありますが、殿様が自刃して果てたとは知りまへんでした」

桃ノ姫の話を聞いていた綸太郎は杯をさらに重ねた。

「しかし、拾われた子が、しかも鷹匠の子として育った者が、一国の藩主になるとは、これまた壮大な物語ですな」

「作り話ではありません」

と桃ノ姫は静かに言って、どうぞと新たな酒を勧めた。

朱色の酒で、仄かに桃の匂いがする。やはり桃を発酵させて作った酒らしかった。飲みやすいのだが、酔いが回るのが早いようだった。それだけに、桃ノ姫の話が嘘か真《まこと》か、判断する力も失せていくようだった。

「もしかして、その時に、切腹した殿から戴いた、家康公拝領の脇差というのを、鑑定して貰いたいのですかな？」

綸太郎は一瞬、正気に戻ったように脇差のことを思い浮かべて、心がときめいた。家康に盗まれたままの上条家の〃三種の神器〃のうちの刀と対《つい》になっていた脇差ではないか、という思いが閃いたからである。

「そうです。鑑定していただきたいその拝領された脇差は、後ほど、お見せ致します」

と桃ノ姫は意味ありげな淡い笑みを浮かべて、

「その岩木藩が潰れたがために、殿……雪太郎は、生まれてずっと暮らしてきた領国から、出なければいけないことになりました」

「出なければ……」

「はい」

桃ノ姫は甘い吐息のような声で話を続けた。

奥羽街道、小湊《こみなと》の宿場は大雪だった。

三日三晩、降り積もり、空も山も見渡す限り、純白の布が張られているようだった。

綿雪がひらり落ちてくる中、家もまばらで、松林が広がっている街道脇の小道で、なにやら、人が揉めている声がした。尋常ではない大声だ。

「殿！　これ以上の愚行はおやめ下され」

眉の濃い脂《あぶら》ぎった顔の中年侍が、若侍の膝に抱きつくように押し止めていた。殿と呼ばれた若侍は、松林の陰でしなを作っている遊女に、歩み寄ろうとしているのだ。宿場女郎にもなれぬ下賤な夜鷹であろうか。若殿の肌は、気味が悪いほど青白い。長い間、日にあたっていないのがよくわかる。

「放せ、無礼者。余にかまうな！」

飼い主から懸命に逃げ出す子犬のように、若殿は何度も何度も雪に足を滑らせながら、遊女に向かって腕を伸ばそうとしていた。

実は、この若殿は、津軽藩十万石の当主、津軽侍従信順《のぶゆき》であった。

中年の侍は、国家老の高倉盛隆《たかくらもりたか》で、藩主の守役であった。高倉は真っ黒な太い鼻の穴をふくらませて、

「ええい、とっとと失せろ！」

と遊女に向かって叫んだ。だが、遊女の方は、ここは私の縄張りだぞ、とばかりに

目で笑って、人をおちょくるように裾をひらひらさせていた。

「おお、愛《う》いおなごじゃ。すぐに温《ぬく》めてやろうぞ」

津軽信順は希有な女好きとの評判で、供の奥女中がいるにもかかわらず、参勤交代の道中においては、夜鷹にまで手を出して性欲を吐き出していた。その悪評は江戸にも知れ渡っており、芙蓉《ふよう》之間詰の大名にあるまじき所業と、幕閣から抗議を受けたこともある。

だが、信順の正室の父親は、将軍御三家に繫《つな》がる水野中納言《みずのちゅうなごん》である。女好きだというくらいで、罷免《ひめん》するわけにもいかぬ。当人も、別に天下を乱す狼藉《ろうぜき》を働いているわけでないからと、この日も、宿場本陣から浪人姿で抜け出して、女漁《あさ》りをしていた。

「おやめ下され、殿！　女なら城にいくらでもおるではございませぬか」

「どけい、高倉。儂《わし》はそこな薄汚れたのがよいのじゃ」

猛犬のように涎《よだれ》を垂《た》らすと、家老を足蹴《あしげ》にして、遊女に飛びかかった。嬌声をあげながら、遊女は若殿を、炭焼き小屋のようなあばら屋に誘い込んだ。

その時である。

真っ白い世界の向こうから、奇妙な歌声が流れてきた。清元のような透き通った声だが、よくよく聞けば、論語の一節である。

『――子の曰《いわ》く、これを道びくに政《まつりごと》を以てし、これを斉《ととの》うるに刑を以てすれば、民免れて恥ずること無し。これを道びくに徳を以てし、これを斉うるに礼を以てすれば、恥ありて且つ格《ただ》し……』

人民は法ではなく、徳で治めよというような意味あいである。

若殿も家老高倉も首をかしげて見やった。

絹の紗幕《しゃまく》のような雪の向こうから、現れたのは、紋付き羽織袴姿の雪太郎である。かなりの雪だというのに、蓑笠《みのかさ》もつけていない。しかも、その威風堂々とした態度に、

「ま、まずい……」

高倉は慌《あわ》てて、若殿を小屋に押し込むと、内側から閉めようとした。が、建て付けが悪く、なかなか板戸が動かない。ギギッと軋《きし》む音に気づいた雪太郎は、人の姿を認めるや、

「おい。閉めるでない。儂も寒いゆえ、暖を取らせてくれ」

と声をあげた。

高倉はそれでも必死に扉を閉めたが、心張り棒がない。刀を腰からはずして、立て

掛けようとした寸前、木戸が開いて、雪太郎の顔がズンと突っ込んできた。

「な……何奴！　名乗りもせず、土足で踏み込んで来るとは、うろんな奴めが」

刀の鯉口《こいぐち》を切る高倉に、雪太郎は屈託のない笑顔を見せて、からから笑った。

「すまぬ。三日も歩き続けたのだが、この大雪だ。やむまで、休ませてくれ」

行くあてもなく、街道をずっと歩いてきたと、雪太郎は事もなげに話した。

羽織袴姿で、脇差《わきざし》だけを差し、挟箱《はさみばこ》を肩に担ぐという奇妙ないでたちだが、落ち着いた物言い、見るからに威風堂々とした体軀は、

——只者ではない。

と高倉は一瞬にして見て取った。

「行くあてもなく……？」

怪訝《けげん》に雪太郎を見やる高倉の目に、益々、不安の色が広がった。雪太郎は高倉の表情など気づきもせず、奥の方で、手を握りあったままの若殿と遊女に、鷹揚《おうよう》に言った。

「ここは、おまえたちの家なのか？」

若殿と遊女は、きょとんと珍獣でも見るように目を皿にして振り返った。

「儂の家も、こんなもんだったが、ちと作りが古すぎるのう。隙間風がすごい。それ

でも外よりはましか、ははは」

遊女が、変な人、と首をかしげた。それに、つられるように、若殿が唐突にパンと拳で掌《てのひら》を打って、

「面妖な奴よの。しかしじゃ、そこもととは、何やら気が合いそうじゃ」

と若殿が言った瞬間、高倉がずいと割って入って、雪太郎からは、よく顔が見えないように両手を広げた。

――とぼけたことを言っておるが、こんな雪の中をあてもなく歩くとは……もしや、若殿のご乱行を知って偵察に来た公儀隠密かもしれぬ。

高倉は雪太郎を警戒して、若殿の身分を明かそうとしなかった。

雪太郎も、相手が誰かなどと、詮索をしようとはしなかった。三十数年生きてきて、接触した人間といえば、亡き殿松平少将と鷹匠たちくらいである。初対面の他人にどう挨拶し、どう言葉を交わすかというような、世間並みの習慣や常識はまったく欠如していた。

「いやいや。旅がかように寒いものとは、思うてもみなんだ」

と言ったかと思えば、

「家を出る前に、野に放ってやった蒼鷹たちも、今の儂と同じように、寒い思いをし

ているのかのう」

と独り言を言っては、遠い目になった。

そんな雪太郎に、若殿こと、津軽信順は興味を抱いて、身分を明かした。が、雪太郎はまったく驚かない。それどころか、

「そうか、あんたも殿様か。一体、この世には何人殿様がいるのだ？」

と真顔で津軽信順に訊いた。それには返答しなかったが、若殿は、雪太郎にどこから来たのかと訊いた。

「あっちからじゃ」

「国の名は」

「さようなものは知らぬ。国は国じゃ。それより、おまえが殿様なら、こんなところで何をしておる。鷹狩りか？」

高倉はどきっとして、雪太郎を見た。

——やはり、こいつは何かを知っている。

若殿は大笑いをして言った。

「鷹狩りとな。たしかに鷹狩りじゃ。夜鷹を掴まえにきた」

「夜鷹？　それはどのような鷹じゃ？」

若殿はからかわれているのか、真面目なのか、一向に正体を見せない雪太郎のことを、益々好きになって、興味津々《きようみしんしん》に見やった。

「夜鷹を知らんのか？」

「知らぬ。儂が知っておるのは、オオタカ、ハイタカ、ハヤブサ、ツミ、クマタカ。しかし、オオタカが一番、強いし利口だから、儂は好きじゃ」

遊女から離れた若殿は、目を輝かせて雪太郎の前に立った。

「鷹狩りが好きなのか？」

「ほとんど毎日」

「よほど、優雅な殿様なことよ。わが藩の藩主も代々、鷹狩りが好きでな、夢中になったあまり、参勤交代に遅れた先祖もおる」

と若殿が笑うのへ、雪太郎は言った。

「サンキンコウタイとはなんじゃ？」

若殿はとっさに洒落だと思った。

「なるほど。貴公も公儀への勤めなど、どこ吹く風という口だな。ああ、余も公儀への勤めほどつまらぬものはないと思うておる。貴公、益々面白い御仁じゃのう」

と若殿は大鼓のような甲高い笑い声を発してから、「貴公と一献《いっこん》傾けたい。あてのない旅なら、余の城へ来るがよい。どうせ国元へ帰るところだ」

若殿が雪太郎の肩を抱くと、高倉が渋い顔で何か言いかけた。若殿は構わず強引に城へ連れて行くと言い張った。

「あたいは、どうなんだえ？」

ふてくされる遊女に、若殿は小判を一枚投げ与えると、雪太郎の腕を掴んで、雪の街道に飛び出した。

高倉も慌てて追いながら、唇を噛《か》んだ。

「まずい……本当にまずい……。あの人嫌いな若殿を、いっぺんに虜《とりこ》にしてしまった、あの男……やはり、只者ではない……」

と不安な目を向ける先では、雪太郎と若殿が子供のように、雪道を跳ねていた。

四

弘前《ひろさき》城下はすっかり雪がやんでいた。

二十間はあろう大通りを挟んで林立する大店の軒看板には、真っ白な雪が光っていた。呉服問屋、油問屋、海産物問屋、薬種問屋、紙問屋など風格のある店舗が並び、路地には、小間物屋、飴《あめ》屋、菓子屋などが紺木綿《こんもめん》地に屋号を白抜きした暖簾《のれん》を出していた。

飴売りや煮売り屋ら、出商いの威勢のいい声が、あちこちで聞こえはじめ、鋳掛《いかけ》師や雪駄直したち職人の姿も見える。雪だというのに、大荷物を背負った諸国行商の姿も大通りにごった返し、まるで商人の坩堝《るつぼ》に見えるほど活気に満ちていた。

「これは凄《すご》い。かような大勢の人間は、見たことがない」

雪太郎は子供のように、息を弾ませて、大通りや路地を駆け回った。露店の独楽《こま》や竹とんぼを手にしてみては、不思議そうに眺め、

「これは何じゃ？　何に使うものじゃ？」

と珍しげに掲げてみる。そんな雪太郎の屈託のない姿に、下々の暮らしぶりに精通している若殿は思わず吹き出し、

「よほど、乳母日傘《おんばひがさ》で育った御仁よな」

と愛《め》でるような目で説明した。そんな雪太郎が、若殿には世情に疎《うと》い殿上人のように映ったのである。

行く手に白亜の三層の城が聳えていた。

「あれが、余の城じゃ」

雪太郎と幼なじみだった殿様の陣屋とは比べものにならない大きさだ。

「いや、こんな大きな家は初めて見たぞ」

と言いながらも、本丸、二の丸、櫓《やぐら》の配置、内堀外堀の役割などに詳しい。いずれ、身分のある者であろうと、若殿は察した。

何十段もの石段を登って、城内に来た雪太郎は、廊下に通されて驚いた。

「いや、これはまた、珍しく長い部屋があったものじゃ」

案内役の家老高倉は、白々しい戯《たわむ》れを言いおってと鼻を鳴らしたが、雪太郎は高梁天井や襖絵を眺めて、溜め息をついていた。

控えている津軽信順の家臣たちの目を気にすることもなく、次々と現れる部屋を見て回る。そんな仕種が、高倉には気がかりなのだ。

——何を考えているのか……しかし、このままではまずい。実にまずい……。

高倉の苛立ちをどこ吹く風と、若殿は雪太郎を大広間に連れて来させた。

御簾が上がると、そこには、錦糸の羽織に着替えた若殿が座っていた。傍らには小姓が二人控え、雪太郎の両側には、高倉家老をはじめ、藩の重職が十人ほど居並んでいた。

重職たちは何事かと訝っていた。若殿が会議を招集することなど、ここ半年、まったくなかったからである。

若殿は開口一番、雪太郎を扇子で指して、こう言った。

「今日をもって、この者を家老にする」

重職たちはざわめいた。旅の途中で出会っただけの、身許もわからない者を、家老にするとは、いかに藩主といえども無謀極まるものだった。

「よいではないか。どうせ家老職は一つ空いておろう」

三人の家老以下、中老、年寄、大番頭、目付、町奉行、勘定奉行らは、きっと口を結んだままである。

一同から目で促《うなが》されるように、筆頭家老の高倉が進み出た。

「恐れながら殿。役職を決めるのは、藩重役による詮議《せんぎ》を経てから行うのが筋。どこの馬の骨かわからぬ者が家老とは、公儀にどう説明するのでございます」

その言い草に、若殿は声を荒らげて、

「黙れ！　有能な人材を登用するは、我が藩の家訓じゃ。余の言うことが聞けぬ奴は即刻暇《ひま》をやるから立ち去るがよい！」

それだけ言って、若殿は席を立ちあがり、用人に声をかけた。

「新家老を奥へ案内して参れ。特に許す。今宵はとことん飲むぞ。女どもとな」

はっはっと笑って、若殿が跳ねるように立ち去ると、重職たちはお互いの顔を見合わせて、ささやきあった。

「やはり、殿は狂っておるのか」

「夜鷹殿様どころか、大馬鹿殿様じゃ」

「うむ、このままでは藩の存亡に関わるぞ」

「こうなれば、押込《おしご》めするしかあるまい」

押込めとは、藩の重臣が合議の末、藩主を蟄居《ちっきょ》させ、実権を幹部が握ることであり、無能な藩主を持った家臣がよく使った手法だった。

「おい、その方」

高倉は真っ白い眉を寄せて雪太郎に詰め寄り、「まさか、受ける気ではあるまいな」

「かろう、とは何じゃ？」

「き、貴様……か、からかっておるのかッ」

大声で怒鳴られると、雪太郎はしゅんとなって、もじもじと指をいじくりはじめた。

「おい、聞いておるのか」

「大声を出さんでもよかろう。儂は、その方のような乱暴者は好かん」

と困ったような顔で俯《うつむ》く雪太郎に、片膝立ちになって何か言い返そうとした高倉だが、

——万が一、公儀隠密ならば、まずい。

と考え直したのか、腰を落としてそっぽを向いた。

「もうよい。奥へ行って、殿に付き合うがよい。だが……我々は断じて、殿のご決断を受け入れることはできぬ、のう御一同。ついては話し合った上で殿にご進言する。それでもご承知下さらねば、公儀に訴え出るしかありますまい」

低く落とした声で、探るような目で話す高倉の頬は、不気味なほど小刻みに震えていた。

途端——。

雪太郎が突如、あっと叫んで、飛び上がると同時に、隣室へ向かって駆け出した。大広間の後方にある控えの間に、丹頂鶴の剝製《はくせい》が据えられていたのだ。

「おお、見事な鶴じゃ。うーむ、なかなかの逸品。これを捕らえた鷹は、さぞや凄い鷹なのであろうな！」

雪太郎は目尻を下げて振り返ったが、誰も返答をせず、類は友を呼ぶとはこのことよなあ、と溜め息だけが大広間に沈んだ。

五

「なるほど……」

と綸太郎は頷《うなず》いて、窓から滑るように入って来る夜風に身を任せていた。

「雪太郎こと桃井伊予守様は、鷹匠として暮らした、その純真さゆえに、〝大いなる誤解〟をされたという訳やな」

桃ノ姫は細い顎《あご》を少し引いて、

「津軽の若殿様が、何処かの藩主と勘違いをしたようなのですが、家臣の間からは、バカ殿呼ばわりされていた津軽侍従様ですから、この先がどうなるのか、私も心配でした」

「ふむ。心配どすか……まるで、まさに今、起こっているように言うのどすな」

「今、起こっている話です」

「え？」

「今、この時……綸太郎様と私、二人しかここにいません。そして、私のこの話を聞いているのは、あなただけ。ということは、たとえ昔の話でも、今、あなたと私の間にある現実なのです」

「なるほど。面白いことを言う」

「恋も同じでございますよ。遠い昔に恋した人を思う恋心は、昔の恋ではなく、まさに今、恋しているということですから」

そう言って妖しげに微笑む桃ノ姫の薄紅が、他のどの女官よりも、艶やかで美しい。寄り添っている桃ノ姫の肩や腕、膝の温もりが、着物の上からでも感じられる。甘い吐息も、しっとりと濡れた髪の匂いも、すべてが綸太郎のものであるかのように感じられた。

綸太郎がそっと肩に手を差し伸べたとき、桃ノ姫はするりと魚が身をよじるように躱《かわ》して、軽やかに立ち上がると、巻き上げていた長い黒髪を垂らした。さらに桃の香りが広がって、綸太郎の鼻孔をくすぐった。

「続きは、湯殿でお話ししましょうか」

「え……」

「私が背中をお流し致しましょう」

「いや。それは……」

「遠慮なさらずとも……それとも、女官の中に、お好みの女がおりましたか？」

まるで、自分を抱いてくれとばかりに誘っているようである。綸太郎とて木石ではない。桃ノ姫の全身から発している色香に惑わされまいと思えば思うほど、身も心も蕩《とろ》けるのであった。

「そんなことはありまへん。桃ノ姫が一番……いや、この世で一番、美しい女性《にょしょう》でしょう」

「この世で……」

「あの世を入れても、一番かもしれまへんな」

綸太郎が真顔で言うと、桃ノ姫はゆっくりと手を差し伸べて、こちらへ、と招いた。長い髪がすうっと綸太郎の腕に絡むように靡《なび》いてきた。しっとりとして、くすぐるような快感だった。

その部屋の奥には、やはり山水画に出て来そうな岩山があって、鬱蒼《うっそう》とした峰を借景として露天の風呂が沸いていた。まるで湯の里のような旅情を醸《かも》し出している。

たっぷりと張られている湯船に、綸太郎がゆっくりと浸かると、湯女《ゆな》のように襦袢《じゅばん》だけの姿で現れた桃ノ姫が、そっと片膝を立てて寄り添ってきた。

「それで……雪太郎は、その日のうちに、家老に任じられて、城内に屋敷も与えられたのでございます」

「殿方はほんに、うぶなお人だこと」

湯船で小さく丸くなっている雪太郎を、三人の御殿女中が取り囲んで、からかった。

湯と水を桶で交互に入れて、湯加減を整える侍女たちも含めて、八人の全裸の女にかしずかれている雪太郎は、頬が真っ赤に火照《ほて》っていた。まさしく龍宮城である。

湯殿は高麗縁《こうらいべり》で、すぐ隣に八畳ほどの流し場がある。雪太郎はそこに寝かされ、糠《ぬか》袋《ぶくろ》で躰の隅々まで擦《こす》られた。

「うひゃ、うひょひょ……ふひゃは……」

腋《わき》の下や股間をくすぐられると、たまらず笑ってしまうが、雪太郎に恥ずかしさはなく、むしろ洗って貰うことを楽しんでいた。その仕草は、まるで母親と一緒に風呂に入っている子供である。大声でひとしきり笑うと、

「よし、今度は、儂が洗うてやろう」

と女たちを座らせて、湯をはじくような絹のような滑らかな肌を、せっせと磨いた。単純作業を喜んでする子供のように、つきあがった乳房やその谷間、窪《くぼ》んだ腰や尻の割れ目を、鼻唄混じりに洗った。

御殿女中の一人が、雪太郎の股間を見てつぶやいた。

「うぶだなんて、大嘘。さぞや慣れているのでしょう。これだけの女性に囲まれて、何も変わらぬとは……本当に、かなり遊び廻ったのでしょうねえ。うちの若殿のように。うふふ」

雪太郎は女と交渉を持ったことがない。まさに幼児のように、その方面にはまったく無知だったのである。頬の火照りも、ただ湯にのぼせただけだった。

「ふう……極楽、極楽」

水遊び同然の入浴が終わると、雪太郎は女物の綿入れ襦袢を着せられて、その上に被衾《ひきん》を纏《まと》わされ、若殿の待つ一室に通された。

そこには、上臈《じょうろう》、年寄、中臈《ちゅうろう》をはじめ、二十人ほどの御殿女中が、雅《みや》びやかな綸《りん》子《ず》姿で居並んでいた。それぞれが含み笑いをしたようなたおやかな顔で、雪太郎にはまばゆいばかりの飾り物を揺らしていた。

「ささ、こっちへ参れ。杯を交わそうではないか」

若殿が勧めると、雪太郎は並んで座ったが、酒はさっぱり駄目だった。匂いを嗅いだだけで、気持ちが悪くなるのだ。

「しかし、本当に奇妙な御仁じゃ」

と若殿は、御殿女中が大杯に汲む酒を口に運んでから、にわかに真顔になった。

「そろそろ、よいのではないか、雪太郎殿」

「何がじゃ？」

「ここの女たちは信頼できる者ばかりじゃ。安心して、身分を明かしてくれ。その上で、腹かっさばいて、話したいことがある」

「腹を切るのは御免だ」

「もう、おとぼけはよいのだ。実は、貴公の脇差、湯に入っている折に拝見したが、葵《あおい》一葉の紋所があった。ささ、貴公の本当の名と身分を知りたい」

「鷹匠でござる」

「たかじょう……高条殿とは、もしや、奥羽高条藩五万石の……」

「いや、ただの鷹匠じゃ」

「――まったく、ぬかりのないお人よ。まだ、余を信頼できぬとみえる」

と微笑むと、若殿は杯を置いて、雪太郎に向き直った。

「余は、夜鷹殿様とバカ呼ばわりされているが……実は、ある思惑があって、うつけ者のふりをしているのだ。論語にもあろう。『子曰く甯武士《ねいぶし》は、邦に道あれば則ち知《ち》、邦に道なければ則ち愚。その知は及ぶべきなり、その愚は及ぶべからざるなり』……

つまり、国が道理どおりに治まっていれば賢者として働き、道理がとおってないときには、愚者のふりをする。それが為政者の務めだ。あの雪の中で、論語を唱えながら歩いてきた貴公のことだ。この意味はよくご存じであろう？」

「うむ。何度も繰り返し覚えた」

「やはり、貴公も……愚か者を装っていると言うのだな」

雪太郎は何の反応もせず、目の前の膳に並んでいる吹上げ、子漬け鱈《だら》、ささぎ飯などを珍しげにじっと見ている。

「我が藩は松前《まつまえ》藩とともに、北方警備という負担がある。その警備にかこつけて、毛皮やギヤマンなどを抜け荷をして、私腹を肥やす輩がおるのは、公儀も薄々勘づいておるようじゃ。つまり、密貿易じゃ」

「ミツボウエキ？」

雪太郎は一瞬、若殿を見たが、また膳に目を戻した。

「しかも、それを裏で操っているのが、藩重職の中におるのだ。最も怪しいのが、筆頭家老の……高倉じゃ」

若殿は深い溜め息をついて、「――あやつめ、なかなかの策士でのう、シッポを出しおらん。儂の手下である早道の者という忍びに探らせたが、やつらも又、籠絡《ろうらく》されたのだ」

「……」

「やむをえず、余は、夜鷹に狂ったふりをして、遊びまくった。藩主がこの体たらくでは、奴はきっと油断して、正体をさらけ出すであろう、とな」

高倉は、小役人のような態度をしながら、その実は最も権力志向の強い男だと、中臈の一人が付け加えた。

「貴殿は公儀からの使いであろう？　あの大雪の中で、儂らに近づいて来たのは、たまさかのことだと言う気ではあるまいな」

しばらく俯いていた雪太郎は、地鳴りのような声で唸《うな》ると、はっと顔を上げた。

「これは何じゃ？　儂は変な物を食べると、躰中が痒《かゆ》くなるからな。青魚か？」

若殿はじれったそうに腰をずらして、杯をつんと侍女に差し出した。

「余を信頼できぬのか？　疚《やま》しいことがあれば、貴公が公儀の使いかもしれぬのに、こうして腹の中を打ち明けると思うてか？」

雪太郎は窮屈そうに足を組み直すと、

「青魚は決して食えぬのじゃ。食えぬ奴は、無理には食わん。棄てろ」

駄々っ子のように侍女に皿ごと渡すと、雪太郎は貪《むさぼ》るように飯をかきこんだ。

「食えぬ奴は、棄てろ……！」

若殿は右拳で左掌を叩いた。

「棄てろ……なるほど、そうか、さしずめ高倉は食えぬ奴。されば斬り棄てるしかない……事と次第によっては、闇討ちも辞せずというわけか？」

雪太郎が持つ箸《はし》の動きが止まった。途端、御殿女中たちの顔も凍りついた。食べ物の中に異物でも混じっていたのかと案じたのだ。それは杞憂《きゆう》だった。

「――？」

雪太郎は天井や廊下と隔てた襖を、きょろきょろ見回した。

「如何いたしました……？」

中臈が声をかけると、雪太郎はすっと立ち上がって、襖を開けて廊下を見た。

蠟燭《ろうそく》も灯っていない薄暗い長廊下には、誰もいない。

「なんだ……誰かが隠れんぼうでもしてるのかと思うたが……」

「隠れんぼう？」

「よく遊んだがな、殿様と」

毎日、鷹と戯れ、自然の中で飛び回っていた雪太郎には、微妙な物音の変化に気づくほど、動物的な直観が身についていた。

「隠れんぼうとは……まさか!?」

三方の襖が開くと、両隣の部屋から、薙刀《なぎなた》を構えた奥女中警護隊ともいえる別色女《べっしきめ》が、どっと現れた。鉢巻き、襷《たすき》掛けで、三十人が潜んでいたのだ。

「何事じゃ」

上臈が声を荒らげると、別色女の筆頭が毅然とした姿勢で言った。

「曲者にございます。奥へ奥へ！」

やはり、高倉が放った間者が、奥にまで忍び込んでいたのだが、素早く逃げたのだ。それにしても、よく気づいたものよと、雪太郎の並々ならぬ洞察眼に若殿は感心した。

「――なるほど、間者が潜んでいるのを悟っていたから、己が身分を明かさなんだか」

と若殿は深く感謝の目で頷いた。

「もはや、貴公の身許は勘繰るまい。余の味方であることだけで充分じゃ」

六

翌朝——。

登城一番、家老の高倉は、重臣たちに諮《はか》って、雪太郎が家老に相応しい人物かどうか、若殿の面前で試すことにした。それに合格さえすれば、若殿の推挙どおり、津軽藩の家老として正式に迎えるという。

「それで、ようございますな、殿」

それが高倉の策略であることは、若殿も勘づいていた。

若殿は一同を見回したが、重臣たちは、言うことに従わねば、すぐに押込めをする覚悟の目つきである。若殿がここで本音をさらけ出して、高倉の悪行を述べたとしても、うつけ者の与太話にしかならないだろう。

多くの重臣たちは、高倉を信頼している。納得させるには、それなりの策が必要だ。

「やむを得まい。で、その試しとは……」

と肩を落とす若殿に、高倉がしたり顔で、

「文武両道が我が藩の誇りなれば、まずは剣術のお手並から」

既に、当藩の剣術指南役の河辺陣内《かわべじんない》を呼びつけてある。梶派一刀流《かじはいっとうりゅう》の大目録皆伝の腕前は藩随一だ。

御前試合の用意はすぐに整えられた。

城中本丸の中庭に来た雪太郎は、大勢の見物客を見ても、尻込みをしなかった。鷹狩りの折は、もっと人が見ているからだ。

武器は何を使っても構わない、三本勝負で一本でも取れば雪太郎の勝ちだ――と審判役に説明された。

「甘く見るなよ。奴は、俺の放った腕利きの間者を見抜いた男だ」

高倉は河辺にささやくと、自席に座って、勝負の成り行きを見守った。

――この機に乗じて、雪太郎の脳天をかち割ってしまえ。

それが高倉からの命令だった。河辺の腕なら、木刀でも必ず死に至らせるはずだ。

河辺の目は獣のように鋭くなった。

雪太郎の方といえば、玩具を手にした幼児のように、木刀とタンポ付の槍、両方を持って、声を出してはしゃいでいる。

「もう遊び相手がいなくなったと思うていたが、このように早く遊べるとはなあ」

それを聞いていた河辺は、

——剣を遊びと言いおった。

と胸に走る苦々しい苛立ちに、思わず口を開いた。

「お遊びがお嫌なら、真剣では如何かな？」

若殿のみならず、重臣たちも、それはならぬと止めたが、雪太郎自身は飄然と、

「儂はいいが、怪我をするぞ？」

「一向に構いませぬ」

と河辺は余裕の笑みさえ浮かべている。

「では真剣勝負と参ろう」

雪太郎は真剣と槍を貰い受けた。

審判役が二人に間合いを取らせて、礼をさせると、「はじめ！」と気合いの声をかけた。

イザッ、と構えた河辺には、一分の隙もなかった。真剣の切っ先は、水滴が触れても真っ二つに切れると思えるほど、冷たい光を放って静止していた。

だが、雪太郎はまともに構えない。ちんたらちんたら、戦う気がないのか、それが単なるポーズなのか分からない。

——隙だらけではないか。

と河辺は思いながら、相手の動きを見ていた。

だが、一歩でも踏み出すと、雪太郎はサッと後ずさったり、横に跳んだりした。まるで、子犬とのじゃれあいを楽しんでいるような仕草である。

無敗を標榜《ひょうぼう》していた河辺だが、実は一度だけ負けたことがある。

若い頃、修行の旅の空で出会った新陰流《しんかげ》の使い手と、尋常に勝負をした。その相手が、目の前の雪太郎のように、のらりくらりと真剣勝負らしからぬ構えをしていたのだ。

しかし、その武芸者は、燕尾《えんび》の太刀という優れた剣術の持ち主で、ほんの一瞬の隙に、河辺の刀は弾き飛ばされた。

——いやな構えだ……。

忌まわしい昔の思い出が、苦い想いとともに、河辺の脳裏にはりついた。瞬きもせず、じっと相手を見据える河辺に対して、雪太郎は時折、槍を突き出すだけで、ひょっとこのように踊っている。

「こっちぞよ。早う斬りかかって来い」

雪太郎は笑った目でけしかけた。小野《おの》派一刀流の流れをくむ梶派一刀流は、攻撃を真骨頂としているだけに、踏み込めないでいる河辺の方が不利に見えた。

その時、

「どりゃあー！」

と突如、地面が裂けるかと思えるほどの叫び声を上げて、雪太郎が槍を放り投げると、マサカリを肩に担ぎあげるような格好で、河辺に突っかかっていった。

河辺は雪太郎の大声に膝が崩れたかに見えたが、それは素早く身を躱《かわ》した所作だった。雪太郎の剣は唸りをあげて、河辺が横に払った刀の腹を打ちつけた。

激しくぶつかりあう音が響き渡り、見物している家臣たちが、思わず腰を浮かした。

雪太郎のバカ力で手が痺《しび》れたのか、河辺の下唇が斜めに歪《ゆが》んだ。が、後ろに飛び下がって、態勢を整える動作は速かった。雪太郎の方は、相変わらず、間合いを取って、へらへら笑っている。

「凄い、凄い！　さすが剣術指南役じゃ。強い、強い、強いぞ」

河辺は焦《あせ》りを感じて、踏み出すが、やはり雪太郎は身軽に跳ねて、間合いを詰めさせない。無駄に刀を振ってみせる動きも、河辺には理解できない空恐ろしさがあった。

——おとぼけも、ここまでやるとは、かなりのお方よ……。下手をすれば、本当に、やられるかもしれん。

また、昔の敗れた情景がよぎった。

「ま、まいった！」

河辺は片膝を突き、刀をその前に置いた。

「なに。もう終《しま》いか？　まだ何もしてないではないか」

雪太郎はつまらなそうに、刀を振り回しながら、見物人を振り返った。家臣たちは固唾《かたず》を呑んで見守っていたが、若殿が、

「勝負あった」

と叫んだので、一同は溜《た》め息をついた。

「高倉！　これでよいなッ」

高圧的に見える若殿の眼光には、いつにもない精悍さと鋭さがあった。若殿の自信に満ちた顔つきに、高倉はたじろぎつつも、

「いえ、まだ文武の文の方が、どれほどのお方か分かりませぬ。身共も含め、各奉行を集め、政《まつりごと》の問答をしとうございますれば」

「よかろう」

若殿はすぐに返答した。吹雪の中を歩きながら、論語を歌っていた男である。学問ならばかなりのものと見ていた。

高倉はシメタと舌を打った。

藩政や財政には難題が山積となっている。藩随一の論客と言われる勘定奉行・真鍋《まなべ》義弘《よしひろ》は、高倉の腹心である。奴なら、雪太郎を言い負かすことができると、ほくそえんだ。

「なるほどなあ……愚か者を装う、か」

綸太郎は湯船から立ち上がると、目の前に控えている三人の女官の前に裸を晒《さら》した。

「俺は、雪太郎殿のように、平静ではおられへんから……桃ノ姫……もうこんな残酷なお遊びはよしにして、なんとかしてくれへんか。これでは、蛇の生殺《なま》しでんがな」

「うふふ……」

「笑うて誤魔化さんといてくなはれ。俺かて生身の人間やしな。たしかに、桃井伊予守にまつわる話はおもろいが、俺の体が面白くない。どうしてくらはるのや」

そう言う綸太郎の体を、女官たちが浴衣を何度も着替えさせながら、湯滴と汗を拭い取ってから、先程の部屋の外の縁側に案内した。

氷室《ひむろ》で冷やした茶と煙草盆を置いた縁側には、別の女官が来ており、

「さあ。うつ伏せに横になって下さい」

と言った。背中に油みたいなものを塗って、全身を揉《も》みほぐすというのだ。

綸太郎は言われるがままにして、風呂上がりの火照った体を女官の前に投げ出したが、背中のあちこちを撫でられているうちに、頭がぼうっとしてきて、そのままうつらうつらしてきた。酒の酔いも残っているから、心地よくて、気が遠くなってきた。

その耳元で、少し掠《かす》れたような桃ノ姫の声が囁《ささや》かれた。

「綸太郎さんはどう思われます？」

「……」

「この雪太郎は、愚か者のふりをしていたのか。それとも、素のままだったのか」

「……」

「刀剣でも、そうではないのですか？　名刀かと思ったものが、なまくらものだったり、逆に、つまらぬ刀に見えたものが、実は名工が作った逸品だったり……」

「ふむ……」

「ねえ。綸太郎さん、答えて下さいな。刀には、美と魂が吹き込まれているのでござ

いましょう。それは作った刀鍛冶の魂なのでしょうか、それとも使った人の力なのでしょうか、それとも……それによって切られた者の怨みが宿っているのでしょうか」

綸太郎の瞼《まぶた》は落ちて、すうすうと寝息を立てていた。その背中に縋《すが》るように覆い被さった桃ノ姫はさらに妖しげな目になって、

「怨みが宿った刀ほど美しい……そう聞いたことがあるのですが、どうなのです？」

「……」

寝息を立てた綸太郎は、そのまま深い眠りに落ちていった。

七

きらきらと目映《まばゆ》いばかりの朝日に目が覚めた綸太郎は、昨夜の宴の広間ではなく、桃のなる庭に面した楼閣にいた。

相変わらず、甘くて切ない匂いが漂っている。

「お目覚めですか？」

声に振り返ると、部屋の片隅の床几に桃ノ姫が座って、白くて細い指先で丸い桃の実の皮を剝いていた。その仕草のひとつひとつが実に優雅で、男心をそそるしなやか

さであった。

刃物で一口大に切った実を、桃ノ姫がそっと口に運んでくれる。綸太郎は赤ん坊のように口を開けて、つるりと食べると、

「はあ……うまい……」

と吐息で言って、嬉しい顔になるのであった。

「昨夜は、とてもよかったですよ」

「え……」

「綸太郎さんて、本当に丁寧で、誠実なんですね。やはり刀剣の鑑定をする御方は、女の体も抉《えぐ》るように愛でるのでしょうか」

「えっ、あっ……俺は、何かしたのやろか」

「覚えてないんですか？」

桃ノ姫が目を流すと、綸太郎の眠っている所は、寝乱れたように絹の布団が広がっていた。あまりの布団の軽さに驚きながら、

「まさか……」

「私、唐の国の皇帝の寝所にも行ったことがあるんです。でも、どんなに広い宮廷でも、人が眠る寝床って、せいぜいが一畳か二畳、この大きさなんですね。二人でも、

この布団で充分でした」

綸太郎は喉から滑るように入った桃の汁にむせながら、

「湯に入って、背中を撫でて貰っているうちに、眠たくなって……」

「うふふ。そんなこと、おっしゃって……女泣かせっていう噂は本当だったのですね」

綸太郎はちょっと待ってくれと思ったが、昨夜とは違った、桃ノ姫の馴れ馴れしい仕草に、もしかしたら抱いたのかも知れぬと思いはじめた。

「それでね……」

と桃ノ姫は相変わらずの微笑みを返して、「雪太郎は、それから……覚えてますか?」

綸太郎は眠りながら、聞いていたことを思い出した。

「たしか、藩の財政がどうのこうのとか……」

「そうです。もう一度、お話ししますね」

桃ノ姫はおさらいをするように少し遡《さかのぼ》ってから、続きを語り始めた。

津軽藩は、農産物、海産物、漆器、陶器などを北前船で江戸に送っていたが、長らく続いた飢饉《ききん》のせいで、特産の手工芸品の生産力が落ち込んでいた。

それに加えて、藩は三十年以上の長い年月、借金状態であった。

この状態から脱却するためには、謀反を起こすか、新しい事業を成功させるしかなかった。

評定に使う鳳凰《ほうおう》の間には、家老三人と勘定奉行二人、町奉行一人、寺社奉行や普請奉行ら現場の官吏も下座に控えていた。

勘定奉行の真鍋は、藩の内政事情を述べてから、雪太郎に訊いた。

「――このように、百万両にものぼる借金を抱えて、参勤交代すらできかねる当藩で、千石取りの家老を雇うわけには参らぬ」

「せんごくどり？　どんな鳥じゃ？」

雪太郎がいつもの、きょとんとした顔で尋ねるのを無視して、真鍋は続けた。

「この酷《ひど》いありさまをどう建て直すか、如何に？」

居並ぶ藩重職は、最も下座で虚空を見ている雪太郎を振り返り、何と答えるか興味深げに待っていた。

しかし、雪太郎は座禅を組むように微動だにしない。

「雪太郎殿、如何」

と真鍋が眉間に皺《しわ》を寄せて言った。

「果たして、藩財政を潤す善策があるや？」

張り詰めた緊張に水を差すように、雪太郎がむず痒《がゆ》そうに立ち上がった。

「つまらぬ。なぜ、かような話をしてるのじゃ。儂はじっとしておるのが好かん」

「――どうやら、議論をすることもなさそうですな、殿」

と家老席の高倉は、勝ち誇ったように高座の若殿を見やった。

「能のない者を家老に招く時節ではございませぬぞ」

若殿の表情が一瞬、翳《かげ》ったが、

「しかし、能ある鷹は爪を隠すというぞ」

鷹、という言葉を聞くやいなや、雪太郎の瞳が輝いた。ちょこんと腰を浮かすような仕草で踵《きびす》を立てると、

「さよう。優れた鷹ほど、己の技量を表にせぬものじゃ！」

そう言って、一同を見回した。

「しかし、目を見ればわかる。眼光は明星の如く清く澄み、刃物のように鋭いからじゃ。鷹とて人と同じでな、古い書物によると、五つの徳、すなわち『仁、義、敬、勇、智』を兼ね備えておらねば、獲物を捕ることなどできぬのだ。もっとも……五徳

とは何か、儂はよう知らんが」

若殿はもちろん、同席した奉行たちは呆然と、俄に能弁になって、爛々とした目で語る雪太郎を見上げていた。

「鷹は生まれながらにして、獲物を捕る力がある――しかし、野生の鷹は、必ず己より小さい鳥を狙う。それでは鷹狩りにはあまり役に立たぬ。優れた鷹を見つけ出してから、五徳を叩き込む」

「……」

「するとどうじゃ、鷹は驚くほど強くなり、己の何倍もある鶴を狙うほどになる。無謀に見えるが、修行を積んだ鷹にとっては当たり前のこと。そんな鷹に仕込むのが、鷹匠の仕事じゃ――つまりは鷹を生かすも殺すも、鷹匠の腕次第ということになる。鷹を使うことよりも、育て上げることの方がいかに難しいか……うぐッ」

雪太郎はひと唸りして、黙り込んでしまった。あまりにも大きく口を開けていたから、小蝿《こばえ》が飛び込んだのだ。

口をもぞもぞさせて、指先でほじくり出した小蝿をじっと見て、

「うーむ、虫か」

と腹の底から吐き出すように唸った。

何か言い出しかねるような雪太郎の顔を、一同はじっと見守っていた。雪太郎は小蠅を袴《はかま》に擦りつけてから、

「虫といえば……どのように優れた鷹にでも、虫はぞろぞろ張りつくもんでな、うむ。しかし、鶴を捕る鷹でも、己についた虫は捕ることができぬ。されば、どうするか……」

重職たち一同は、次第に前に前にと躰を乗り出している。雪太郎は、赤ん坊のような瞳で、一人一人を射るように見つめながら、

「それは、煙じゃ」

「煙……？」

と真鍋が訊き返した。

「さよう。煙を燻《いぶ》して、鷹の羽毛の中に竹筒で吹き込むとな、そりゃ面白いように、ころりころりと羽虫が落ちてくる。どんなに羽の奥に隠れてても、ころりころりじゃ」

そこまで言った時、高倉がバシッと扇子で床を叩いて声を荒らげ、

「鷹の話なぞ訊いておらぬ」

と言ったが、勘定奉行の真鍋は目を細め、なるほど、と膝を打った。

「御家老。いみじくも雪太郎殿が言わんとするところ、分かり申した」

「なんだと？」

「我が藩のことを、今の鷹の話に喩《たと》えれば、能ある鷹とは若殿のこと……一昨年の飢饉の折、百姓一揆を制し、無血で処断した殿がかような夜鷹殿様になるはずがない。これには何か、殿に思案があってのこと……殿違いますか？」

　若殿はまだ黙って見守っている。

「そして、『仁、義、敬、勇、智』の五徳とは、我が藩の家訓にもある言葉——近年、金、金と財政面ばかりの政を論じ、五徳の実践をおろそかにしたツケが回ってきた。五徳を心得た有能なお人でも、それを補佐する者の人品が卑しければ能力を生かせない、と言っておるのでしょう」

「……」

　眉根を寄せた高倉も、勘定奉行の話を黙って聞いている。

「そして、肝心の政策ですが……有能な若殿といえども、獅子身中の虫には気づかないということに触れておられる。悪い連中を燻りだすことが、悲惨な藩の状態を根本から改善する方策だと言うのです。雪太郎殿、さようでございますな」

　藩随一の学究肌の論客だけはある。きっちり説明してみせた。

だが、高倉は納得できない。具体性のない詭弁《きべん》だと断じた。

「雪太郎殿、その方、この藩内に、殿をたぶらかす不埒者《ふらち》がおるとお言いか!?」

高倉に詰め寄られて、雪太郎はにこりと微笑みかけた。

「おぬしは、ミツボウエキをしてると聞いたが、それは何じゃ？」

「な、なな……！」

「蜂蜜が竹の棒にでもくっついとるのか？」

「誰がそのようなことを言うた」

「あいつじゃ」

雪太郎は人指し指を若殿に向けた。

「まさか。抜け荷のことなど、この殿が知ってるはずが……！」

と言いかけて、高倉はとっさに口をつぐんで俯いた。

「むふふ……語るに落ちたな、高倉」

若殿は凜々しい目になって言った。だが、その瞳の奥には怒りの炎がある。

「めっそうもない、殿。この者が言うことなど、取るに足らぬ……」

「だまれ高倉！」

若殿が肘掛けを投げつけると、高倉の額に命中して、ガツンと鈍い音がした。奉行らはあっと声をあげて、総立ちになった。騒然と乱れる中、高座から駆け降りた若殿は、むんずと高倉の襟首を摑んだ。

「余の目を見ろ！　夜鷹にうつつをぬかすバカ殿か⁉」

「おろろらま……」

高倉は頭を強打したせいか、一瞬、呂律《ろれつ》が回らなくなって、

「わらしが何をりたと言うろれす。殿にひたうら仕えてりた私が……」

「勘定奉行真鍋。余の命令じゃ。今すぐ、高倉の屋敷を探るがよい。北前船を通して長崎に運んで処分する抜け荷があるはずだ」

高倉は威儀を正し、今度は呂律もしっかりと、

「いや、しかし、それは、藩の逼迫《ひっぱく》した財政を少しでも救うための……」

「見苦しいぞ高倉！」

若殿に突き放された高倉は取り乱した。藩臣たちの冷たい視線を浴びて、逃れようのない自分に気づいた。直属の配下の真鍋ですら非難の目を向け、高倉と結託している廻船問屋を早々に捜し出すと決意表明をした。

「かくなる上は！」

と高倉は襟を広げると、脇差を抜いて、毅然と腹にあてがった。ぐいと銀色の切っ

先を刺そうとした寸前、

「切腹はならぬッ」

と声をかけたのは雪太郎だった。

「それは痛い。のたうち回って、目ン玉が飛び出るような顔で、血へどを吐きながら死ぬ。この前、見たばかりだが、なかなか凄いものだぞ」

高倉はうっと唸って固まった。

「切腹は国が潰れてからでもよいのではないか？　儂と昵懇《じっこん》の殿様もそうした。割腹なんぞすることはない。人が死ぬのは、もう見とうない。のう……死んではならぬぞ！」

雪太郎は力まかせに高倉に抱きついて、切腹を止めながら、若殿を振り返った。

「おまえも嫌いじゃ。乱暴者は好かん」

と血が滲《にじ》む高倉の額を、袖で拭ってやった。

若殿は啞然としたが、初めて会った雪の中で読んでいた論語の一節を思い出し、

「法ではなく、徳で治める……か」

と大きく頷いて、腹をだらしなく出したままの高倉の前に凜然と立った。

「雪太郎殿の情けが、おまえにわかるか？　切腹は藩が潰れてから、とは、内々に処

理せよとのことじゃ」

　と若殿は脇差を取り上げた。そして、毅然と言った。

「罪は生きてつぐなうがよい」

「罪は生きて……」

　高倉が見やると、雪太郎は既に素知らぬ顔で、飄然と床の間の掛け軸などを眺めている。その後ろ姿をしばし見つめていた高倉は、

「一体、あなたは……」

　とうっすら涙を浮かべて、両掌をあわせた。

「殿……」

　高倉は不正の一切合切を告白した。

「正式な沙汰があるまで蟄居しておれ」

　若殿が言い渡すと、高倉はむしろ満足げに微笑みすら浮かべて、袴を引きずるように詮議の間から出て行った。

「若殿は、高倉を解任して後、雪太郎を藩に引き止めようとしたのですが、雪太郎は、旅は人に会えて楽しいと言って、忽然《こつぜん》と姿を消したのです」

と桃ノ姫は静かに言った。

じっくり聞いていた綸太郎は頭の中がぼうっとなっていたが、雪太郎は計算ずくではなく、その純粋な人柄が、いいように誤解されて、しかし、そのお陰で藩が助かったのだと解釈した。

「雪太郎が、桃井伊予守として、三万石の藩主になったのは、その一件があってから、およそ十年後、将軍吉宗が大坂に米相場会所を作った頃だったそうです」

「米会所……」

「はい。目安箱で、その会所の必要性を何度も何度も訴えていたのは、諸国を回って、百姓の暮らしに関わる米の値の安定を鑑《かんが》みていた雪太郎だった……ということです」

「なるほど」

「そのような立派な藩主の遺品は、はじめに話した松平少将様から戴いた、徳川家康公拝領の脇差で、家宝として我が家に残されているのです」

綸太郎はこくりと頷いてから、

「では、その脇差とやらを見せて貰いましょうか」

桃ノ姫は、厳かな雰囲気の宝物殿に移ると、そこに数々ある刀剣や槍、茶器、掛け軸、絵画などの奥から、しっかりとした桐箱に保存してあった脇差を運んできた。

「これで、ございます」

綸太郎はそれを見るなり、一瞬にして、小太刀の〝阿蘇の螢丸〟に勝るとも劣らぬ秀逸な脇差であることを感じた。手に取ると、ずんとした重みがあり、佇《たたず》まいに品格があっていい。

だが、刀身を抜き払ったとき、得も言われぬ鈍い光を感じて、鳩尾《みぞおち》を突き刺すような嫌な感覚に囚われた。

「如何なさいました、綸太郎さん……」

「あ、いや……」

「凄い汗ですよ。一体、何が……？」

桃ノ姫は心配そうに言いはするものの、困惑する綸太郎の顔を、値踏みするような底意地の悪そうな目で見ていた。今までの妖艶で可憐な表情とは打って変わって、まるで怨みを込めて睨んでいるようだった。

「さあ。鑑定して下さい。これが、どういう脇差か。私の祖父、桃井伊予守を、鷹匠の下男から大名にまで成り上がらせた、その守り刀でもある、この脇差を……！」

そう桃ノ姫に迫られて、綸太郎は少し、戸惑いを感じていた。

八

綸太郎が鑑定を始めてから、桃の園は時が止まったように日が高いままで、風も吹いていなかった。

気が散るからと桃ノ姫に席を外させ、綸太郎は高楼の一室で、山水画のような庭の中に、色づいた桃園を見晴らしながら、ハバキを外し、銘や切っ先、刃文などを丁寧に見ていた。

上条家は本阿弥家の庶流であって、幕府目利所として、刀剣目利きの〃独占〃をしている本阿弥家とは一線を画している。本阿弥家は妙本《みょうほん》を祖とする一族で、豊臣《とよとみ》家や徳川家の権力と結びついて、研礪《けんれい》と浄拭《じょうじょく》という仕事を独占し、江戸時代にあっては、唯一「折紙」を出せる立場にあった。

綸太郎は本阿弥家に遠慮して〃添え状〃という形で鑑定書を出しているが、折紙の権威が少し落ちてきた今は、本物の目が求められていた。

桃ノ姫が鑑定を欲していたのは、祖父が松平少将から貰った脇差であるが、綸太郎が丁重に調べたところでは、『寿命《としなが》』という足利《あしかが》の治世にいた名工のものと思われる。

だが、なぜか銘が削られた痕《あと》があった。それは、何度も何度も、伊予守が出してみては、自分で磨きをかけた結果だと思われる。

――素人の手が入っているな。

と綸太郎は分かっていた。脇差の割には太刀肉が厚く、これがずっしりとしている原因だったのだが、刃の鋭さよりも、重みによって〝運〟を運んできたと思われた。

刀剣目利きには鑑賞眼が必要だが、武家目利きといって、工芸としてではなく、利《り》鈍《どん》、つまりよく切れるかどうかを見る目も必要である。綸太郎はこの脇差を見ていて、

「かなりの怨みが込められているな」

と感じた。その理由は、言葉では説明しにくいが、〝地刃が滑りをもって〟伝わったとしか言いようがなかった。滑りとは、たとえ懸命に拭っても取れないものである。

それは血を吸ったことによる曇りと似ているのだが、人の脂《あぶら》という生理の現象ではなく、目に見えぬ魂が宿っているということだ。肉体を失った人の霊魂が、モノに宿して残っていることは、古来から、言い伝えられており、疑う余地もない。

しかも、刃切れや刃絡みがあり、とても実戦で使えるとは思えない。だが、吉凶を

占う剣相からいけば、かなり吉祥の相があり、これにて、雪太郎がとんとん拍子に出世したと考えられた。

どのくらい時が経ったであろうか。

はたと綸太郎が我に返ると、いつの間にか、やんでいた風が吹き始め、秋らしい肌寒い夕暮れとなっていた。

足音もないのに、ふいに気配がしたので、振り返ると、蓮池が見える窓辺に、桃ノ姫が立っていた。先程とは違って、淡い色合いの小袖のような着物で、細めの男帯を腰の横で結わえるように着ていた。

「如何でしょうか、綸太郎さん」

「こんな言い方をしてはなんだが、並の脇差どすな。しかし、寿命という銘柄は立派なもので、本物ですから、家宝としては充分に値打ちのあるものやと思われます。大切にしておけばよろしいおすやろう」

「それだけですか？」

「……え？」

「怨みが入っていませんでしたか」

「そうですな……桃ノ姫は、そのことの方を訊きたかったのどすか」

「どうなのです？」

「誰の怨みかは分からしまへんが、正直言うて、かなりありますな」

「それを取ることはできませんか？」

「私は霊媒師やないさかい、まあ、無理ですな……それに、この怨みを刀から出すとなると、他の災いが起こることにだってなりかねまへん。こうして、刀の中に籠もっているからこそ、どこにも悪いことが及ばない。吉凶で言えば、ええ相をしてるのやさかい、このままにしておいた方がええと思いますよ」

「そのままにしておきたくないのです」

「ええ？」

　綸太郎が脇差をきちんと元の桐箱に戻そうとすると、桃ノ姫は眉根を上げて、さっと取り上げた。そして、桐箱を投げ捨てると脇差を鋭く抜き払い、

「お願いです、綸太郎さん。私と一緒に死んで下さい」

「……！」

「この脇差に込められた怨み、あなたには分かったとおっしゃいましたね。ならば、何故に怨みが籠もっているか……それも考えて下さい」

　切羽詰まった顔になった桃ノ姫は、今にも綸太郎に斬りかからん勢いだった。が、

色々な流派の剣術や小太刀に通じている綸太郎には、怖くも何ともない構えだった。

「桃ノ姫……もしかしたら、あなたはこの刀の中に、幕府に藩を潰されて、陣屋に火を放った上に切腹して果てた、奥州岩木藩一万三千石藩主、松平少将惟政の怨みが入っているとでも……？」

「……」

「その松平少将の怨みが、雪太郎をして、大名に成さしめたと言うのどすか」

「はい。そして、大名になった上で、徳川家への怨みを果たすべきだったのですが、祖父は所詮は鷹匠に育てられた雪太郎……元々、心も雪のように綺麗だったのでしょう。幕府への怨みを吐露するどころか、名君となって、伊予の小国三万石を賜《たまわ》って、晩年は、このような山水画のような庭園でつつがなく過ごしました」

「ええことやおへんか」

「いいえ。松平少将の怨みが晴れない限りは、私が生きていくことができません。この脇差にある怨みを、徳川家に叩きつけない限り、私の体の中に流れている血が……美しくならないのです」

「どういうことです、桃ノ姫……」

と綸太郎は、刃を向けている桃ノ姫に近づきながら、

「そんな因縁のある脇差だということは分かりましたが、どうして、私と一緒に死ななければならないのです」

「それは……」

「なんです」

「私が生涯でただ一人、愛した人だからです」

「なんですって？」

絶世の美人ゆえに、その瞳から発せられる妖気が、得も言われぬ重く淀んだものに感じられた。脇差を持ったときと同じような肌合いだった。

「もう一度、尋ねます桃ノ姫……どういうことか、きちんと話してくなはれ」

桃ノ姫はじっと綸太郎を睨みつけ、切っ先を向けたまま、

「私は、桃井伊予守の孫として育って後、紀州徳川家に嫁ぐことになっておりました。それは……そうです、もうお察しのとおり、そこから将軍家に入り込み、次々と徳川家一門の殿方を虜《とりこ》にして、生き地獄に陥《おとしい》れるためです」

「……」

「私はそう運命づけられているのだから、当然だと思っていました……ですが……ですが、本当は、一度だけ、京の上賀茂《かみがも》神社でお見かけした上条綸太郎さん……あなた

様に一目惚れしてから、紀州様との婚儀はどうしてもしたくなくなったのです」

「上賀茂神社……」

　綸太郎にはまったく覚えのないことであった。だが、京の藩上屋敷に来た折に、丁度、今般のように御輿に乗って出向いた先の上賀茂神社で、綸太郎とすれ違ったというのだ。簾を開けて、手招きをしたが、こちらを振り向いたものの、

「ほんの一瞬……一瞬、私を見て、にこりと微笑んだだけで、あなたは立ち去ってしまった……私はあなたのことが忘れられず、心が痛みました……でも、我が家の積年の復讐という因縁のために、紀州家に嫁に行くことは変えることができず……」

「できず、なんどす……」

「だから……だから、あのとき、綸太郎さんが私の手を握ってさえくれていたら……ゆうべのように、私について来て下さっていたら、私は、私は……」

　と言うなり、ううっと嗚咽《おえつ》する声になって、綸太郎をもう一度、睨みつけると、脇差を突き出した。それが事実だとしても、まるで逆恨みではないか。綸太郎はそう思ったが、桃ノ姫の脇差を掴む力は衰えず、エイッと斬り込んできた。

　とっさに避けたつもりだが、綸太郎の足下は、蓮池から伸び出ていた白い花びらが沢山散っており、それを踏んで滑ってしまった。さらに、鬼のような形相《ぎようそう》で迫って

くる桃ノ姫は、帯の横で力強く脇差を構えて、確実に仕留めようと綸太郎に向かってきた。

その脇差が、綸太郎の腹に突き刺さった、かに見えた。が、寸前、体を捻《ひね》った綸太郎は、桃ノ姫の腕を摑んでねじり上げると、脇差を奪い取った。しかし、体当たりするような桃ノ姫の勢いが強くて、そのまま綸太郎も一緒に蓮池に落ちてしまった。

「うわあッ……」

池の中は真っ暗で、蓮の根が複雑に綸太郎の体に絡みついて、藻搔《もが》けば藻搔くほど、底なし沼に引きずり込まれた。喉や鼻に水が入り、苦しくて、目が開けられず、どうしようもない。

「……！」

絡んでいるのが蓮の根なのか、桃ノ姫の手なのか分からない。ずんずんと池の底に体が沈んでいくのが感じられる。まるで石になったように体が重くなるばかりであった。

その時、目の前にパッと真っ赤な光が輝いた。

極楽浄土の光であろうか。

やがて、キラキラと水面が燦めくように光が弾いて、その先に現れたのは、桃路と

玉八の顔だった。二人は提灯をかざしていて、

「何をしてるの、若旦那」

と桃路が少し怒ったような顔で言った。二人は座敷帰りなのか、いつもの芸者姿と幇間姿であった。

「えっ……？」

綸太郎は必死に池から這《は》い上がろうと、手で水をかいたが、抵抗がない。おや、と自分の身の回りを見やると、池には落ちておらず、溝の中に腰を落としているだけであった。

しかも、辺りは、毎日のように訪ねて来る稲荷神社の境内で、夜風に幟旗《のぼりばた》が揺れているだけであった。

「!?……桃ノ姫……は？」

「桃ノ姫？」

と玉八は苦笑して、「桃路姐さんなら、ここにいるぜ。若旦那、しっかりしねえと、ほら。こんな溝の中に酔っ払って寝てたら、一発で風邪引くぜ」

綸太郎は桃路と玉八に引き上げられて、しばらく呆然としていたが、何処か遠くでゴンと寺の鐘がなって、ようやく我に返った。

「――まさか、夢だったんか……いや、夢……まさか、あれが夢だなんて……」

「若旦那。しっかりしてよ。若旦那、何処へ行ったのだと、峰吉さんも随分、探してましたよ。ほら、しっかりして」

桃路はもう一度、そう言いながら、綸太郎の背中の泥を払ってくれたが、

「いや……桃路には悪いが、桃路よりずっとずっと美人の女が、桃ノ姫の御輿が通りかかってな。それで、雪太郎という……」

綸太郎は自分が〝見聞〟したことを克明に語ったが、二人は小馬鹿にして笑うだけであった。

「しかし、ほんまや……あれが夢やなんて……でも、助かった……あのままなら、溺《おぼ》れ死んでた……」

と言いながら、ふと溝の中を見ると、一本の脇差が落ちている。

それを拾い上げた綸太郎は、「これや」とまじまじと見た。桃ノ姫に鑑定を頼まれた、その脇差に間違いなかった。辺りを見回すと、鞘も灯籠の陰に落ちており、ぴったりと合わさった。

「これはまさしく……『寿命』の……」

綸太郎は不思議そうに、もう一度、鬱蒼《うっそう》と茂っている境内を見回した。

「そう言えば、若旦那。ここは、その昔、桃がなる唐風の庭があって、若旦那の言う桃ノ姫かどうかは知らないけれど、お姫様がある殿様に嫁ぐ直前に、なぜか嫁に行くのは嫌だと自害した場所らしいよ」

「……！」

「桃が綺麗で、いい匂いだったのは確かで、だから私も、ここを通るから桃路と、置屋の女将さんがつけたとか」

そう聞いて、綸太郎は呆然となった。

「でも、若旦那……その姫、若旦那に一目惚れしたがために、嫁ぐのもやめたなんて、なんて純な人なんでしょうねえ。私でも、負けてしまいそう」

綸太郎は手にしている脇差をもう一度、抜いて見た。煌々《こうこう》と照っている月が、鏡のような脇差の刀身を輝かせた。

その燦めきの中には、もう怨みは籠もっていなかった。

一〇〇字書評

切り取り線

購買動機（新聞、雑誌名を記入するか、あるいは○をつけてください）

- □（　　　　　　　　　　　　　）の広告を見て
- □（　　　　　　　　　　　　　）の書評を見て
- □ 知人のすすめで
- □ タイトルに惹かれて
- □ カバーがよかったから
- □ 内容が面白そうだから
- □ 好きな作家だから
- □ 好きな分野の本だから

●最近、最も感銘を受けた作品名をお書きください

●あなたのお好きな作家名をお書きください

●その他、ご要望がありましたらお書きください

住所	〒				
氏名		職業		年齢	
Eメール	※携帯には配信できません		新刊情報等のメール配信を希望する・しない		

あなたにお願い

この本の感想を、編集部までお寄せいただけたらありがたく存じます。今後の企画の参考にさせていただきます。Eメールでも結構です。

いただいた「一〇〇字書評」は、新聞・雑誌等に紹介させていただくことがあります。その場合はお礼として特製図書カードを差し上げます。

前ページの原稿用紙に書評をお書きの上、切り取り、左記までお送り下さい。宛先の住所は不要です。

なお、ご記入いただいたお名前、ご住所等は、書評紹介の事前了解、謝礼のお届けのためだけに利用し、そのほかの目的のために利用することはありません。またそのデータを六カ月を超えて保管することもありませんので、ご安心ください。

〒一〇一―八七〇一
祥伝社文庫編集長　加藤　淳
☎〇三（三二六五）二〇八〇
bunko@shodensha.co.jp

祥伝社文庫

上質のエンターテインメントを！　珠玉のエスプリを！

祥伝社文庫は創刊15周年を迎える2000年を機に、ここに新たな宣言をいたします。いつの世にも変わらない価値観、つまり「豊かな心」「深い知恵」「大きな楽しみ」に満ちた作品を厳選し、次代を拓く書下ろし作品を大胆に起用し、読者の皆様の心に響く文庫を目指します。どうぞご意見、ご希望を編集部までお寄せくださるよう、お願いいたします。

2000年1月1日　　祥伝社文庫編集部

千年《せんねん》の桜《さくら》　刀剣目利《とうけんめき》き　神楽坂咲花堂《かぐらざかさくはなどう》　時代小説

平成19年9月5日　初版第1刷発行

著者　井《い》川《かわ》香《こう》四《し》郎《ろう》

発行者　深澤健一

発行所　祥《しょう》伝《でん》社《しゃ》
東京都千代田区神田神保町3-6-5
九段尚学ビル　〒101-8701
☎03(3265)2081(販売部)
☎03(3265)2080(編集部)
☎03(3265)3622(業務部)
印刷所　堀内印刷

製本所　積信堂

造本には十分注意しておりますが、万一、落丁、乱丁などの不良品がありましたら、「業務部」あてにお送り下さい。送料小社負担にてお取り替えいたします。

Printed in Japan

ISBN978-4-396-33381-2　C0193

祥伝社のホームページ・http://www.shodensha.co.jp/

祥伝社文庫

藤原緋沙子
恋椿 橋廻り同心・平七郎控
橋上に芽生える愛、終わる命…橋廻り同心平七郎と瓦版屋女主人おこうの人情味溢れる江戸橋づくし物語。

藤原緋沙子
火の華《はな》 橋廻り同心・平七郎控
橋上に情けあり。生き別れ、死に別れ、そして出会い。情をもって剣をふるう、橋づくし物語第二弾。

藤原緋沙子
雪舞い 橋廻り同心・平七郎控
一度はあきらめた恋の再燃。逢えぬ娘を近くで見守る父。――橋上に交差する人生模様。橋づくし物語第三弾。

藤原緋沙子
夕立《ゆだ》ち 橋廻り同心・平七郎控
雨の中、橋に佇む女の姿。橋を預かる、北町奉行所橋廻り同心・平七郎の人情裁き。好評シリーズ第四弾。

藤原緋沙子
冬萌え 橋廻り同心・平七郎控
泥棒捕縛に手柄の娘の秘密。高利貸しの優しい顔――橋の上での人生の悲喜こもごも。人気シリーズ第五弾。

藤原緋沙子
夢の浮き橋 橋廻り同心・平七郎控
永代橋の崩落で両親を失い、深い傷を負ったお幸を癒《いや》した与七《よしち》に盗賊の疑いが――橋廻り同心第六弾！

祥伝社文庫

黒崎裕一郎　娘供養　必殺闇同心

十代の娘が立て続けに失踪、刺殺など奇妙な事件が起こるなか、直次郎の助ける間もなく永代橋から娘が身投げ…。

小杉健治　白頭巾　月華の剣

大名が運ぶ賄を夜な夜な襲う白い影。新たな時代劇のヒーロー白頭巾。その華麗なる剣捌きに刮目せよ！

小杉健治　翁《おきな》面の刺客

江戸中を追われる新三郎に、翁の能面を被る謎の刺客が迫る！　市井の人々の情愛を活写した傑作時代小説

小杉健治　札差《ふださし》殺し　風烈廻り与力・青柳剣一郎

貧しい旗本の子女を食い物にする江戸の闇。人呼んで〝青痣〟与力・青柳剣一郎がその悪を一刀両断に成敗する！

小杉健治　火盗殺し　風烈廻り与力・青柳剣一郎

火付け騒動に隠された陰謀。その犠牲となり悲しみにくれる人々の姿に、剣一郎は怒りの剣を揮った。

小杉健治　八丁堀殺し　風烈廻り与力・青柳剣一郎

闇に悲鳴が轟《とどろ》く。剣一郎が駆けつけると、同僚が斬殺されていた。八丁堀を震撼させる与力殺しの幕開け…。

祥伝社文庫

小杉健治　二十六夜待《にじゅうろくやまち》

過去に疵《きず》のある男と岡っ引きの相克、情と怨讐。縄田一男氏激賞の著者ならではの〝泣ける〟捕物帳

小杉健治　刺客殺し　風烈廻り与力・青柳剣一郎

江戸で首をざっくり斬られた武士の死体が見つかる。それは絶命剣によるもの。同門の浦里左源太の技か!?

小杉健治　七福神殺し　風烈廻り与力・青柳剣一郎

人を殺さず狙うのは悪徳商人、義賊「七福神」が次々と何者かの手に…。真相を追う剣一郎にも刺客が迫る。

小杉健治　夜烏《よがらす》殺し　風烈廻り与力・青柳剣一郎

冷酷無比の大盗賊・夜烏の十兵衛が、青柳剣一郎への復讐のため、江戸に戻ってきた。犯行予告の刻限が迫る！

鳥羽　亮　さむらい　青雲の剣

極貧生活の母子三人、東軍流剣術研《とうぐんりゅうけんじゅつけん》鑽《さん》の日々の秋月信介《あきづけしんすけ》。待っていたのは父を死に追いやった藩の政争の再燃。

鳥羽　亮　地獄宿　闇の用心棒

極楽屋に集う面々が次々と斃される。敵は対立する檜熊一家か？　存亡の危機に老いた刺客、平兵衛が立ち上がる。

祥伝社文庫